KB272116

이 책은 정신건강 문제와 매일 싸우느라
본인은 감자와 다를 바 없다 느끼면서도
사람으로 살아가야만 하는
일상을 솔직하고 당당하게 그려낸
음울하고도 웃긴 그림일기입니다.
작가의 트레이드마크인 독창성과
유머 감각이 인생의 숱한 기복, 그 밖의 많은 현실적인
문제들로 독자를 안내합니다.
이 책은 당신을 생각하게 하고, 웃게 만들고,
조금 더 괜찮아지게 해주는 힘이 되어줄 것입니다

니나, 해리, 미란다에게, 그냥… 그럭저럭?
내 인생을 통틀어 모든 것에도 불구하고
언제나 집에 웃음과 실없음,
사랑과 볼펜이 넘치게 해준 엄마 아빠에게. 괜…찮으시죠?
그리고 많이 보고 싶은 샘에게 이 책을 바칩니다

별수 없어서 그린 일기

루비 앨리엇 글·그림   나윤희 옮김

종이
섬

'그… 이렇게 생긴 그림책인데요. 어쩔 수 없는 일기? 뭐 그런 제목이고… 그림이 되게… 대충 그려져 있는… 아, 모르시겠죠? 넵.'

여러모로 별수 없던 저의 10대 시절로 잠시 돌아가 보겠습니다. 매일을 연명의 의무로 버티며 도서관으로 도망치던 저는, 기묘한 책 한 권을 만나게 됐습니다. 표지에 끌려 집어든 그 책은 잘 그렸다고도, 명확히 위로가 된다고도 말하기 어려웠습니다. 부족한 사람의 부족한 이야기를 부족한 제가 읽고 있으니 말이에요. '별 책이 다 있다….'며 다시 꽂아두었던 그 책은 그날 이후로 도서관에서 찾아볼 수 없었고, 정신을 차리고 보니 저는 그 책을 찾아 헤매고 있더군요. '그… 이렇게 생긴 그림책인데요….'

'부족한 사람끼리 모이면… 더 부족하지 않나요?'

한 아이돌이 예능에서 툭 던진 말입니다. 저는 이 문장이 왜 이리 좋은지 모르겠어요. 어쩌면 저와 『별수 없어서 그린 일기』의 관계성을 정의하는 문장 그 자체이기 때문인 걸까요? 이 책을 펴는 순간, 우리는 마음껏 부족해져도 됩니다. 잔뜩 꼬여버린 생각을 풀어내려 애쓰지 않아도 좋고요. 아린 손목을 심장 위로 들어 올리려 하지 않아도 돼요. 『별수 없어서 그린 일기』는 저와 여러분의 안전지대예요. 제가 느꼈던 이 포근함을 여러분도 느끼시길 진심으로 바랍니다.

별수 없는 제가,
별수 없는 여러분에게.

* 서점 직원분께선 제가 엉망으로 그린 그림으로 결국 이 책을 찾아주셨어요.
  안산 대동서적의 그분에게 이 자리 빌어 감사의 인사 올립니다.

다정 사랑 재미 평화!
댄서 신, 크리에이터 쩜, 인간 신시연

차례

약간의 자기소개

안녕하세요. 저는 루비이고, 매번 그렇지만 이다음에 무슨 말을 해야 하는지 잘 모른답니다. 그래도 제가 어떤 사람인지 이해를 돕기 위해 제가 사용하는 다른 이름을 알려드릴게요.

루비: 감정의 온상,
세계 제9대 불가사의

눈물 한 바가지

네, 보시다시피 저는 다방면으로 실패자라고 할 수 있겠습니다. 이 책에서 꼭 그리고 싶었던 건 제 머릿속에 떠도는 생각들, 머리 밖에서 일어나는 일들, 이 영역의 것들이 다소 이상하고 혼란스럽게 버무려지는 방식인데요, 저 자신에 대한 그림이지만 그중 어떤 부분은 당신에 관한 것이길 바랍니다. 뭐, 아니어도 괜찮아요. 이 책을 네모반듯한 최고급 코스터 같은 걸로 쓸 수 있을 테니까요. 그럼 윙윙.

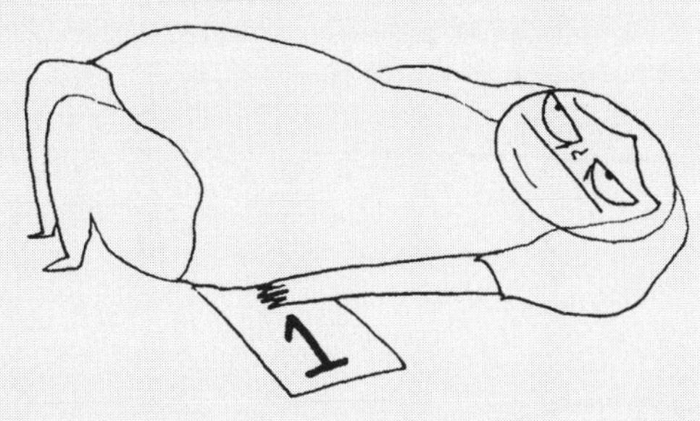

IT'S A BEAUTIFUL DAY FOR DON'T

안 되는 것 하기 좋은 날

오전 8시부터 슬프다
…7년 전부터

나는 침대 옆 바닥에 누워 아무 일도 일어나지 않길 기다리고 있다. 블라인드는 내려져 있다. 햇빛도, 햇빛이 밖에 나가 수다를 떨고 웃고 뭔가 재미있는 일을 하고 싶게 하는 것도 참을 수 없다. 나의 마지막 활동이라고는 민달팽이처럼 사지를 이끌고 주방에 가서 오래된 빵 조각 위에 설탕을 봉지째로 부은 다음 주방 조리대 앞에 선 채로 빨리 감기 속도로 얼굴에 쑤셔 넣은 것뿐. 현실을 느끼지도 못하는데 굳이 밥은 먹어 뭐 하겠는가. 나는 같은 잠옷을 수년, 수 세기째는 아니지만 일주일째 입고 있는데 퀴퀴한 정도로 따지자면 유리 케이스에 봉인해 박물관에 있는 작은 주추에 올려놓아야 할 정도다. 투어 가이드가 알아볼 수 없는 다양한 얼룩(콧물, 눈물, 깡통 수프의 조합)을 가리키고, 사람들이 그것을 어리둥절하게 바라보며 예의상 사진을 찍는 장면을 상상한다. 설명이 이어진다. "이 의복은 4년에 걸친 우울한 사건의 현장으로 우리를 데려가줍니다…" 작은 명판이 있을지도 모른다. 기념품 가게에선 엽서도 판매되고 있다. 알고 보면 크레용으로 "웩!"이라고 낙서한 지저분한 피자 상자의 조각들이지만.

처음 심각한 우울증에 시달린 건 열여섯 살 때였다. 이미 식이장애를 2년 정도 겪으며 좋지 않은 상태였고 그 이후로는 더욱 처참한 상태로 자주 입원했다. 하지만 우울증은 차원이 달랐다. 씩 웃고 있는 얼간이가 도로 공사에 쓰는 증기 롤러로 문을 뚫고 나와 내 삶을 송두리째 뭉개버린 것 같았다. 내 삶은 아무엇도 아닌 슬픈 팬케이크가 되었다. 삶에 관심이 없어진 게 아니라 관심을 가질 수 없는 상태가 된 것이다. 내 뇌는 오랜 기간 초각성 상태에 머물렀고, 모든 걸 그만둔 채 "끝났어. 네가 할 일은 소파에 미동도 않고 누워 증발하는 데 집중하는 거야, 이 쓸모없는 모종삽아!"라고 명령했다. 그래서 나는 그렇게 했다.

몇 달 그리고 또 몇 달을 나는 밤낮으로 부모님 소파에 다양하고 다소 불편한 자세로 웅크려 있었다. 소파 한쪽이 엉덩이 모양으로 꺼지기 시작하고 반대쪽도 바람이 빠져 나처럼 슬퍼 보일 때까지. 그때의 기분은… 개똥 같은 기분이었다. 나는 아주 오랫동안 개똥 상태였다. 누가 새벽 3시 30분에 채널 바꿀 기운도 없어 연속 5번째 나오고 있는 발바닥 각질 제거기 광고를 줄줄 읊조리고 싶겠나. 누가 본인의 삶이 완전히 헛되고 무의미해서 끝없이 대성통곡하고 싶겠나. 누가 절실한 마음에 정신과 병동에 가서 본인의 기분을 1~10등급으로 표현하면서 신발끈이 휘리릭 풀려 닿을 수 없는 곳으로 날아가버리는 걸 바라보겠나. 하지만 우울증에 걸린 내게는 이 모든 일이 일어났다.

소파에서 지내던 몇 개월의 시간 동안 처음 나를 집 밖으로 끌어낸 건 내 개였다. 말하지만 내가 전혀 기능을 못 할 때 나를 밖으로 나가게 할 수 있는 것은 세상에 두 가지 정도밖에 없다. 하나는 혼자 살 때 화장지가 떨어지는 상황(기분이 얼마나 가라앉았는지는 관계없이 어느 순간이 되면 소변을 봐야 했다), 또 하나는 산책을 가야 하는 나의 컹컹 개. 열여섯인 나는 몹시 불안정하고 다른 사람들이 나를 어떻게 볼까에 대해 피해망상적이었지만, 개 목에 줄을 채운 다음 개가 내 옆에서 총총 걸으며 인도 냄새를 킁킁 맡거나 나무에 소변을 보거나 하는 동안에는 나를 짓누르는 부정적인 생각의 무게로부터 주의를 돌릴 수 있었다. 내 개는 마치 휴대용 안전 이불 같았는데 짖기 기능까지 있어 더 재밌고 유용한 데다 훌륭하게도 그냥 '존재한다'는 것이 가능하다는 걸 상기시켜주었다. 그런 의미에서 동물을 주위에 두는 건 매우 탁월한 선택이다. 동물은 존재 자체가 괴로워할 줄 모르고 뭔가를 즐기는 능력이(그것이 심지어 여우 똥에 뒹구는 일일지라도) 확고해서 특히 사람 기분이 젠장일 때 아주 도움이 된다.

내 상태가 좋지 않아 나 자신을 돌보지도 나에게 친절하지도 못했지만, 개한테는 그럴 수 있었다. 매우 단순하고, 멍청하고, 놀랍도록 행복한 귀 두 개 달린 털 뭉치를 사랑하는 일은 무의미함 속에서 일말의 의미를 찾게 해주었다.

당신에게도 가끔 그런 것이 필요하다. 개일 수도 고양이일 수도 화려한 도마뱀일 수도 있다. 아니면 모든 것이 엉망진창일 때 당신의 감정을 한숨 돌릴 수 있게 해주는 전혀 다른 어떤 것일 수도 있다. 엄청난 폭풍 속에서 보이는 작지만 위대한 항구 같은 것 말이다.

다 헛소리야

"마음을 가볍게
가지면 더
행복해질 거예요!!"

우울증에서
벗어나는 법

다 헛소리야!!!

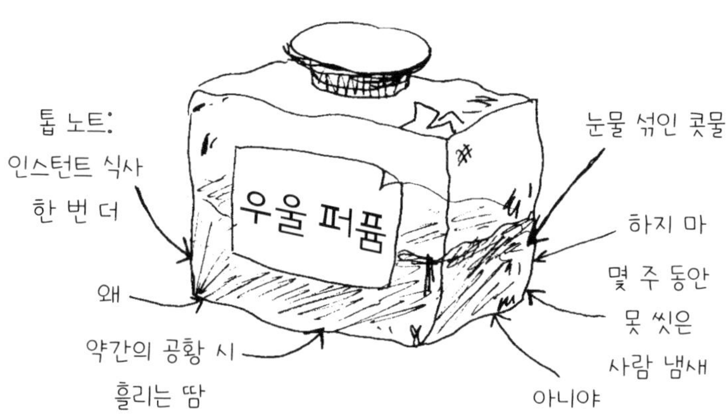
톱 노트:
인스턴트 식사
한 번 더
왜
약간의 공황 시
흘리는 땀
우울 퍼퓸
눈물 섞인 콧물
하지 마
몇 주 동안
못 씻은
사람 냄새
아니야

걷고 또 걷고…

어슬렁대다가…

갑자기 모든 게
의미 없고 필연적인
죽음의 시간에서 봤을 때
그저 점 하나에
불과하다는 사실이 떠오른다

뭐 어쩌겠어

어슬렁대다가…

걷고 또 걷고…

오늘은 끔찍한 조약돌이 된 기분

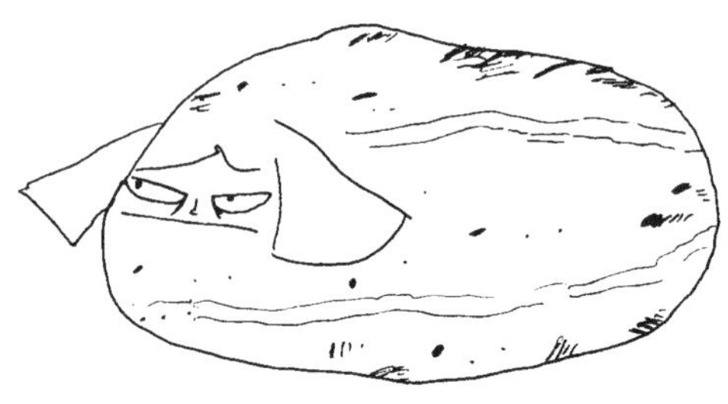

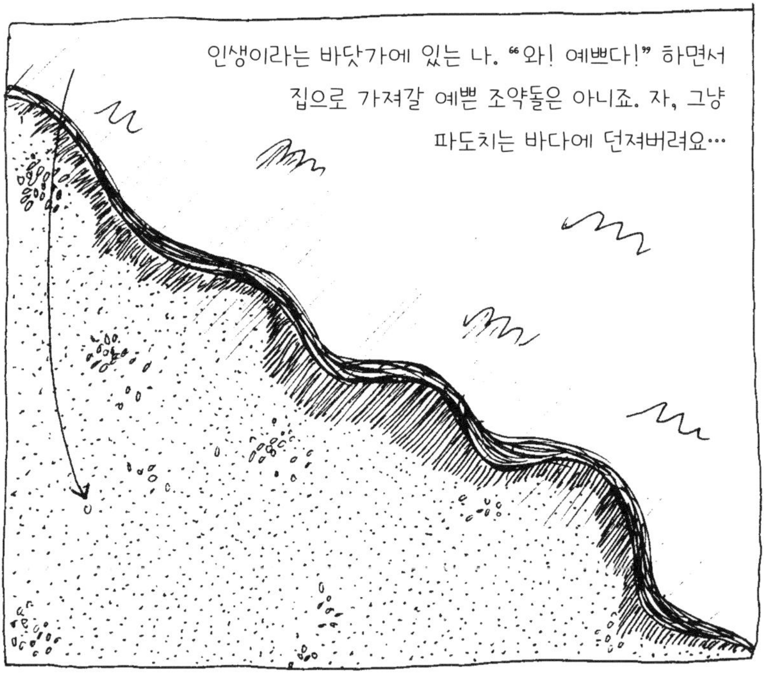

인생이라는 바닷가에 있는 나. "와! 예쁘다!" 하면서
집으로 가져갈 예쁜 조약돌은 아니죠. 자, 그냥
파도치는 바다에 던져버려요…

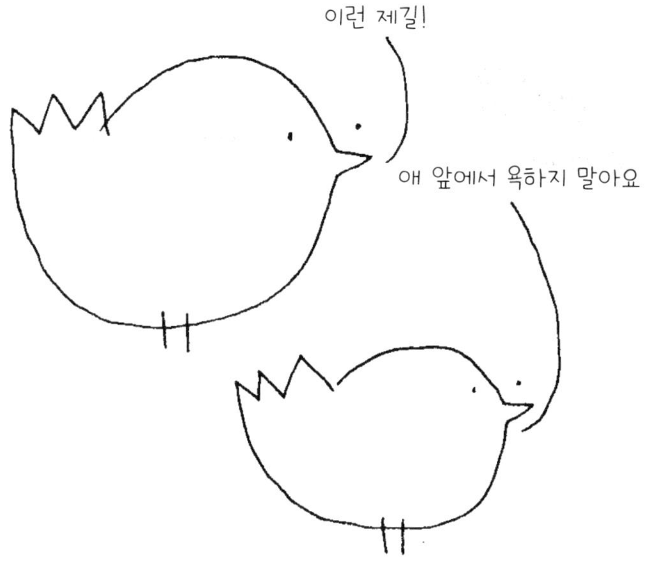

이런 제길!
애 앞에서 욕하지 말아요

아빠, '제길'이
뭐예요?

감정 스무디 레시피

정체는 모르나 중대한
슬픔 두 방울

윅에 볶기 좋은 두려움과 혼돈
(왜 윅이냐고? 아무도 모르지. 그리고
그게 바로 이 끔찍한 미스터리의 일부지)

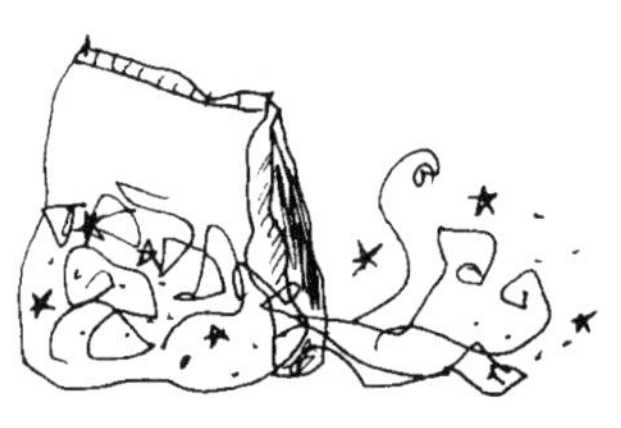

옆구리가 터져 온갖 곳에
흘러넘치는, 불안할 때 느끼는
흥분 한 봉지

탈진할 때 나오는
눈물 한 캔

어느 집에나 있는 짝 안 맞는
이상한 숟가락으로 푼
외로움 한 스푼

불확실한 행복과
희망 한 꼬집
(또는 각자 감당할 수 있는 만큼)

믹서에 모든 재료를
쑤셔 넣어요

모래알 같고 이상해질 때까지
갈아요. 목구멍에 달라붙어
조금 숨 막힐 듯한 기분이 들게 할
정도의 텍스처가 목표!

유리컵에 따라요. 바보 같은
작은 우산 장식을 하나 올리면 완성!

맛있게 먹어요!

듣고 싶지 않아

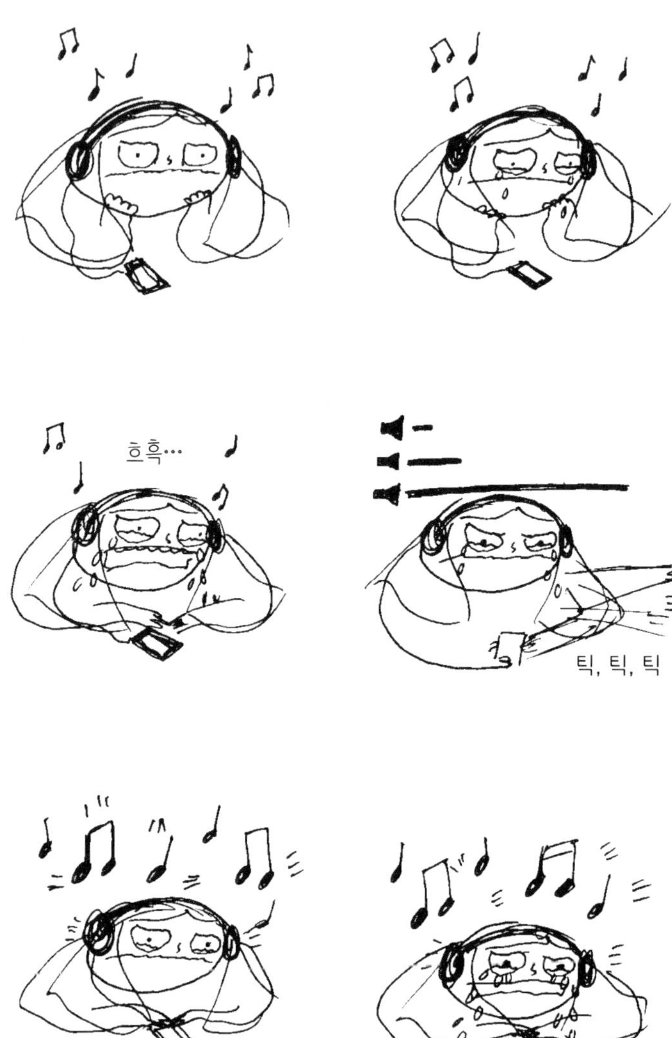

이제부터 이건 눈물이 아니야.
내 얼굴에 있는 눈에서
어쩌다 흐르는 구슬장식이야

공허를 기다리고 있어

자, 봐, 이제 왔어

스스로를 좀 다그칠 필요가 있어
알았어

그건 죽은 척이고

찌푸린 얼굴

확 펴고

나가서

겁줘요

내 인생의 OST

혹시 '충분하다'는 게 본인 깊은 곳에 깔린
부적절한 느낌과 스스로가 삶에서 정해놓은 달성
불가능한 높은 기준을 충족하지 못함을 상징하는 건 아닐까?

네가 객관적으로 어떻게 하고 있느냐와 상관없이
너의 기분은 불만족스러울 거야.
어떻게든 안일함, 게으름과 스스로를 동일시해야 하거든

내 생각에 넌 '충분하다'라는 것이 어떤 건지도 모르는 것 같아.
성취에 대한 네 인식이란 게 스스로를 낮게 평가하는 식으로
왜곡되어 있다 보니 넌 가볍거나 적당한 정도의
불만족 상태에 갇혀 있기 쉬워. 그러면 적어도
현 상황에 대해 아무 생각 없는 척할 수 있으니까

간질간질

전 가서 누울래요.
하지 말아야 할 것 두 개 더
얘기하고 깨워주세요

있지, 사람들이
"그 사람 때문에
곤란해졌어."
라고들 하잖아

어

그거 무서워해야
하는 거지?
근데 난 누가 날
조금만 곤란하게 해도…

그냥 머리 박고
죽을 것 같은데?

너 괜찮아??

아마
안 괜찮을 거야

우리는 괜찮습니다. 괜찮고말고요. 네!

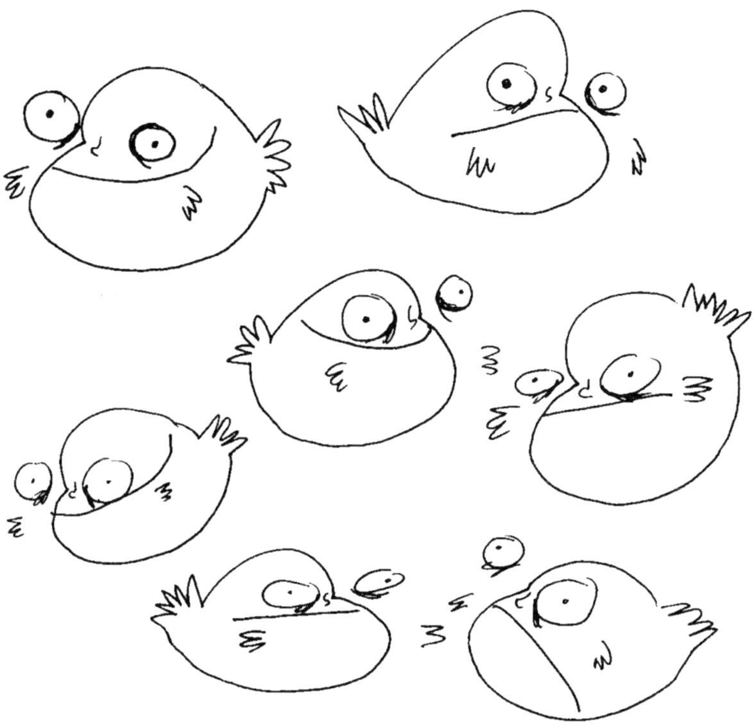

회피 기술 -제582화-
"모든 건 네, 아니요로 답할 수 있다"

물론 이 회피 기술의 근본은
게으름이 아닙니다.
단지 내 인생과 내 처지에 대해
완전히 불만족스럽고 실망한 나머지
누가 뭐라고 물어볼 때마다
나의 정신적 혼란을 깊이 파고들기보다는
농담이나 지껄이기가 더 쉽기 때문입니다

안 좋은 날인가?
아니면 많은
안 좋은 날 중
하루인가?

웅덩이인가?
아니면 어떤 상황에 간신히
서 있는 걸까?
(맛이 간 슬픔의 후무스
웅덩이 중 하나로군)
더 골치 아픈 상황

내 판단을 믿을 수 있다면
좀 더 알기 쉬웠으면

근데 난 왜 다른 사람들이 하는 걸
할 수 없는 걸까?

다른 사람들이 이 지점에서 출발한다고
할 때 정신질환을 가진 사람들은
저 깊은 지하에서 출발한다.
나는 다른 사람들이 서 있는 기준점에
도달하기 위해 어두운 터널을 뚫고 올라와야 한다

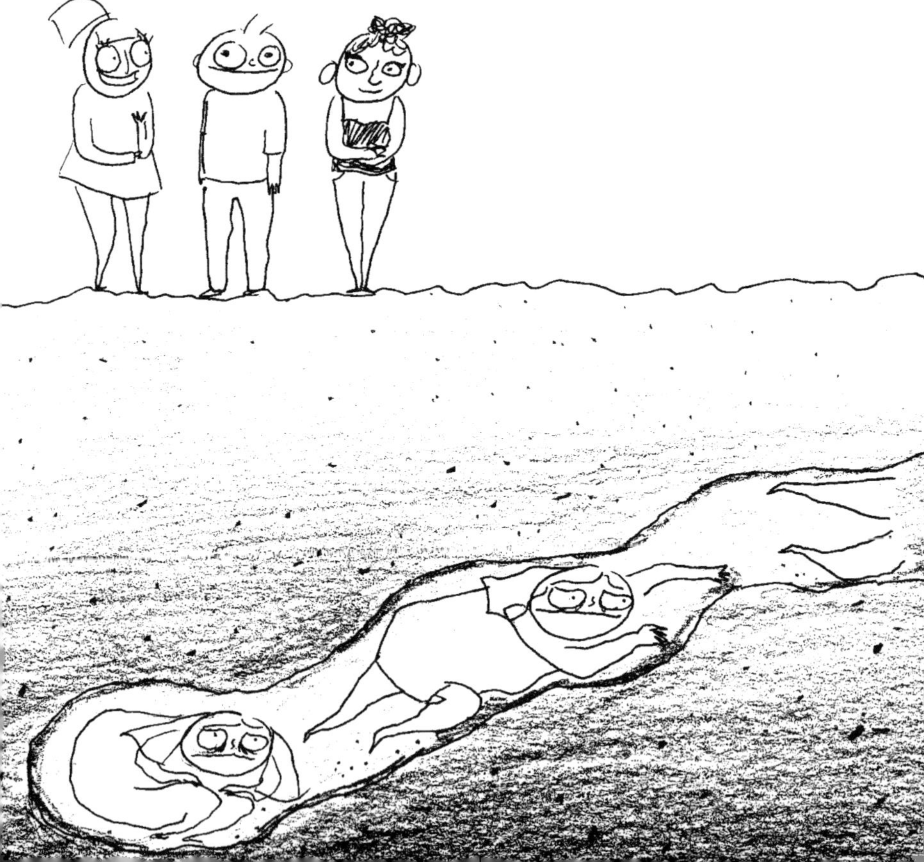

다른 사람들이 춤추며 세계로 뻗어나갈 때
나는 그제야 비칠거리며 흙기침이나 하고
있으니 좌절할 수밖에

흙을 파고 또 파보지만,
여전히 실패자 같은 기분이 든다.
여전히
남겨진 것 같은 기분이 든다

자, 갑니다! 제가 도전합니다!
가장 빨리 가장 많이 느끼기 신기록!

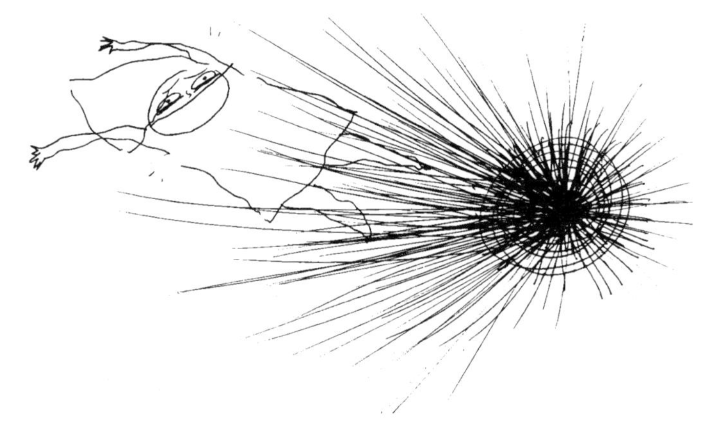

이거 다 보이시죠? 제가 해냈습니다. 정말 많죠!

오늘치 젠장할 것들이 지나갔다

하지만 모든 걸
생각하고

고민하고

마음의 정리도 쬐금
했으니까

그럼 괜찮겠지.
버퍼링 좀 했다고 치는 거야

재부팅 중…

방향을 잃은 것처럼 느껴져도,
하고 있는 모든 것과 이미 선택한
것들이 싫다 해도 괜찮아요

그냥 방향을
바꿔보죠

보세요

되잖아요

선의에 찬 내가 실의에 빠져 빌빌거리는 그지 같은
나를 질질 끌고 가는 모습을 그린 훌륭한 그림

41

나를 행복하게 하는 구석들

초콜릿 잔뜩 넣은 거품 가득한 커피

공기는 차고 날씨는 맑은 날의 공원 벤치

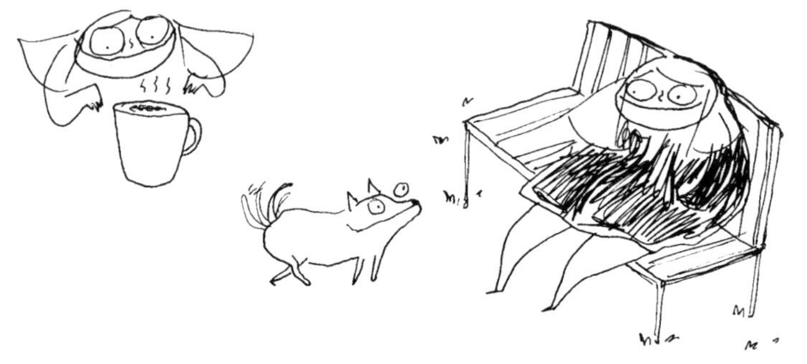

노래 부르며 유치한 그림 그리기 또는
케이트 부시 앨범을 들으며 휘적휘적 춤추기

이곳이 내가 아는, 내가
상태가 좋지 않을 때 갈 수
있는 곳들이에요. 나의 안전지대,
나를 행복하게 하는 구석들~

표정 관리

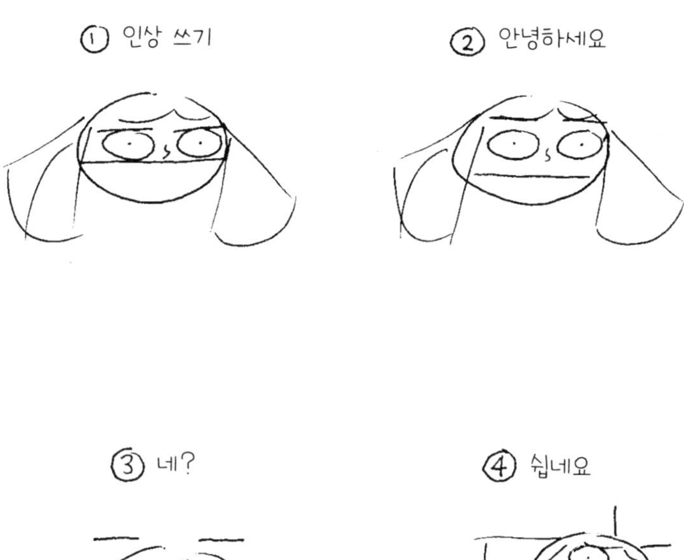

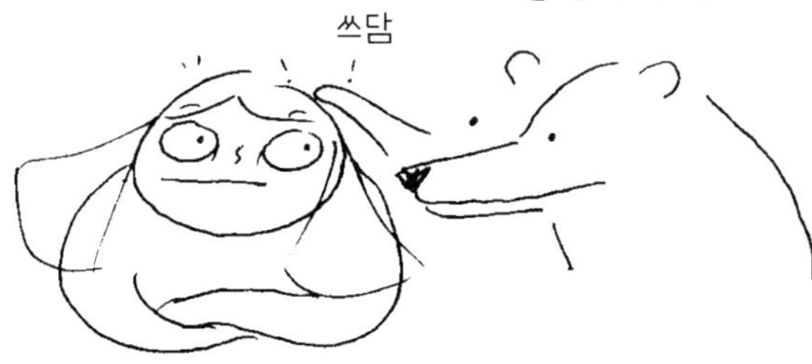
넌 훌륭해.
그걸 알아야 해
쓰담

뭐라도 만들어봐

EXCUSE ME
WHILE I RUIN EVERYTHING

ACCIDENTALLY

ON PURPOSE

일부러

다 망쳐도 양해 바랍니다

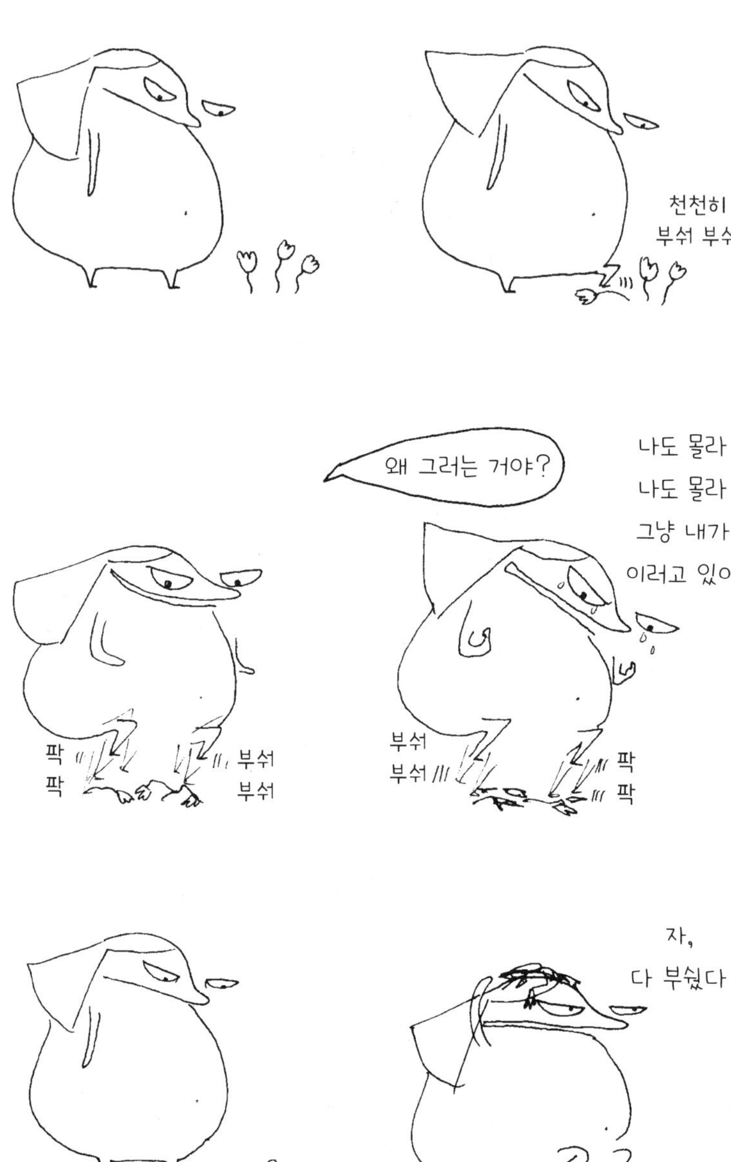
천천히
부숴 부숴
왜 그러는 거야?
나도 몰라
나도 몰라
그냥 내가
이러고 있어
팍
팍
부숴
부숴
부숴
부숴
팍
팍
자,
다 부쉈다

난 정말

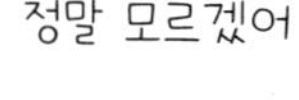

정말 모르겠어

왜 난

왜 난

쓰레기가 돼야 하는 걸까

그러거나 말거나

내가 나를 위해 준비한
특별한 선물!

음… 물론 나도 내가 달성한 것들과
잘했던 일들을 인정할 수 있어. 그래…

아니면!

이 '자신감약화현미경'으로 나의 모든 단점과
폭망했던 일들을 확대해서 볼 수 있지

즐거움

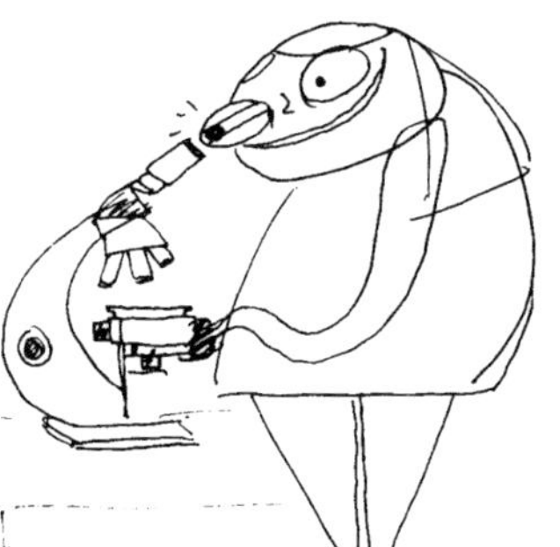

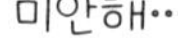

미안해…

뭐가?

존재

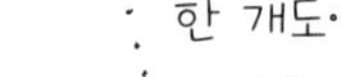

모르겠어…
한 개도…

근데 왜
사과를 해?

미안
미안

사과한 걸
사과하는 거야?

응… 미안…
잠깐… 아니

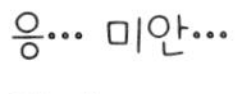

으헝헝헝

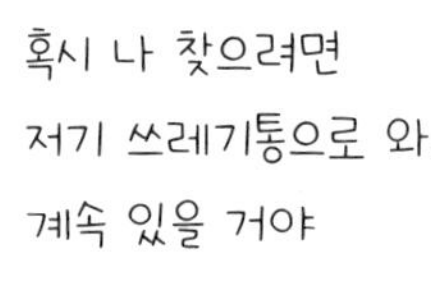

그냥 갈게…
혹시 나 찾으려면
저기 쓰레기통으로 와.
계속 있을 거야

부정
부정
부정
랄랄랄라

아침 식사로 오늘 결혼할
벌레를 납치했단다.
벌레 인생의 가장 행복한
날이었고 이제는 죽었단다

아빠,
수치심이 뭐예요?

'극복전략' 환불 좀 부탁드려요.

이거 너무 끔찍하네요.

제가 지쳤어요

죄송하지만

환불은 불가능해요

하지만 동일하게

끔찍한 극복전략과

교환해드릴 순 있어요

네!

저 작은 녀석으로 주세요

잠깐… 안 돼…

저기요!

퐁!

가끔은 나도
느긋해진다

그리고 생각한다

일어나고 있는 일과
나 자신, 그리고 내가
뭘 하고 있는지를

예전에는 나
자신에게 괜찮다고
말할 기회가 있었다

요즘에는
회피해왔고

구멍이 생겼다

그리고 모든 게 쏟아져 나오기 시작했다

맙소사, 정말 많다

그것들을 보면 난 너무 작아진다

그것들을 주워 담는 대신

나도, 그 누구도 못 보게
황급히 쑤셔 넣다가

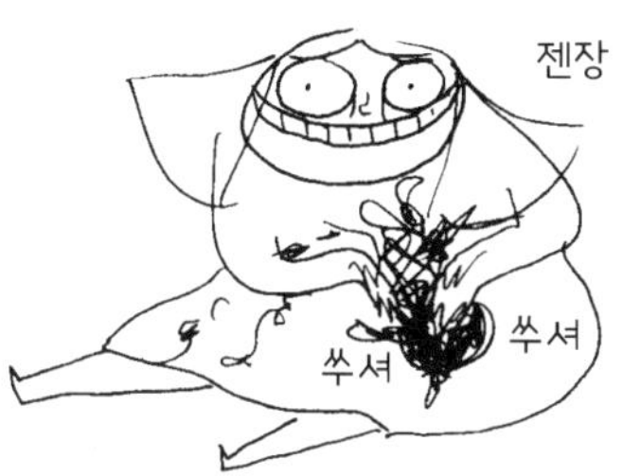

내버려둔다

기분이…

난 지금 취약하다

어딘가에 구멍이 났고

모든 게 드러나고 있다

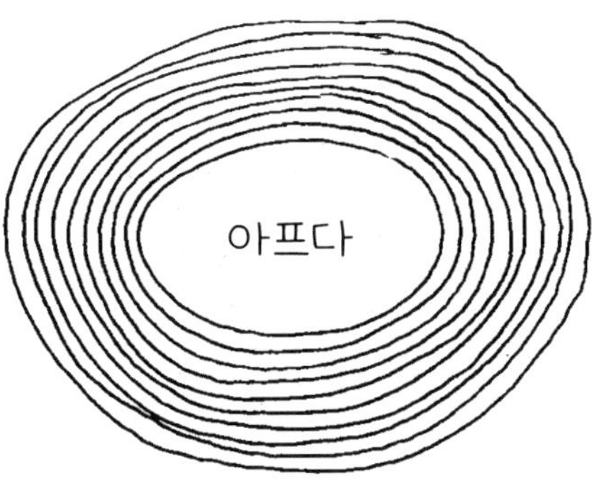
아프다

이 아픈 감정을
없애고 싶지 않다

그러고 싶지 않다

도망치고 싶지 않다

이 상황을 잘 넘기고 싶다

이 상황을 잘 넘길 거지만 너무 무서운 일이다

그리고 겁이 난다

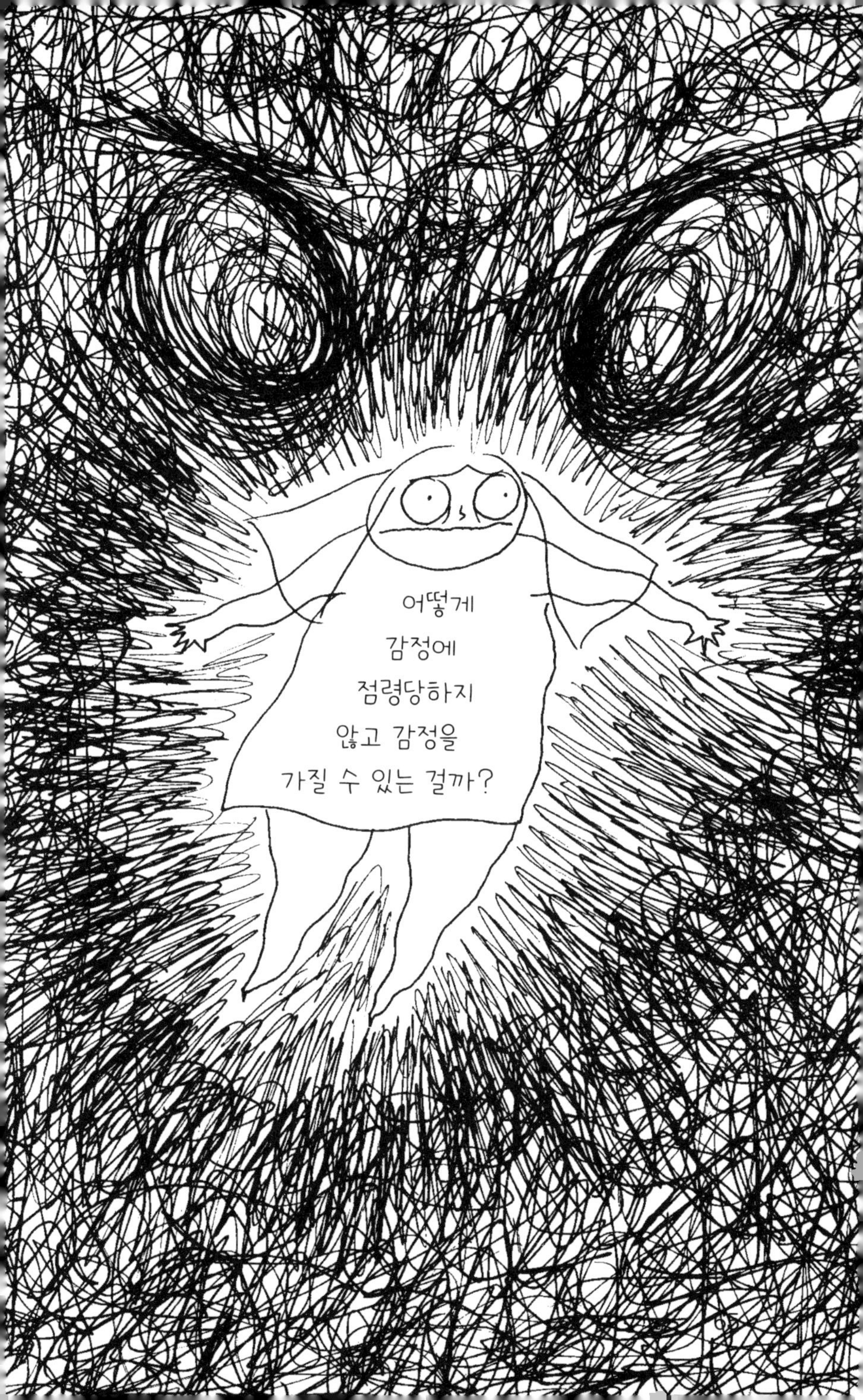

어떻게
감정에
점령당하지
않고 감정을
가질 수 있는 걸까?

오늘의 나는…

나의 역부족을 해결할 수 있을 만큼

단단해 보이지 않는다

나는 내 신세를 망치는 기량이 아주 뛰어난 사람이다. 자기파괴가 시험 과목이라면 나는 우수한 성적으로 통과하고 7분 정도 멍하니 성적표를 바라보곤 구겨서 쓰레기통에 던져버렸을 거다. 왜냐하면 난 더 좋은 성적을 받아야 했고, 내가 처참한 인간이라는 사실은 바뀌지 않으며, 사실 나에 대한 모든 것은 잘못됐기 때문에. 그러니 잠시 도시를 떠나 동굴에 가서 살아도 양해해주기를.

이를테면 이런 거다. 어느 날 뭔가가 약간 잘못된 순간 '망!' 하는 생각이 들면서 고대했던 계획을 모두 취소하고 집에서 비참하게 지낸다. 내가 받을 만한 자격이 없는 칭찬을 듣고 이를 완강히 부인하거나 이를 악물고 미소를 지으며 '나중에 자아를 두들겨 팰 거리'로 분류한다. 샤워도 안 하고, 뭘 먹지도 않고, 새벽 5시까지 못 자기도 한다. **나한테 뭐가 좋은지 알면서도 나 자신을 제대로 돌볼 수 없는 상황**. 신체적으로나 감정적으로 자기 자신을 파괴하는 성향은 정도가 달라서 그렇지 많은 사람이 가지고 있다고 생각한다.

그런데 왜 그러냐고? 내가 많이 힘들었던 이유는 인생의 많은 부분을 구성하는 불확실성과 모호함을 견딜 수 없었기 때문이다. 어떤 일이 **완전히** 해결되거나 내가 **완전할** 수 없다면 그 모든 일은 **완전한** 재앙이 될 것이고 나도 **폭망할** 거라고 내 두뇌는 말하곤 했다. '완전한' 상태에 위협이 인지되면 나는 나 자신을 차단하고 순간적으로 끔찍한 일에 매달렸다. 중간 지점 같은 건 존재하지 않았다. 어떤 일들은 어느 정도 옳기도 하고 동시에 어느 정도 쓰레기일 수도 있다는 개념이 존재하지 않았다. 그리고 결정적으로 내 두뇌는 어차피 결과가 끔찍할 수밖에 없다면 **염병, 그냥 내가 통제할 수 없는 어떤 일이 일어나기 전에 내가 먼저 고꾸라지자** 명령했다. 바로 이것이 자기파괴다. 적어도 결과가 예상 가능하도록 나 자신을 약화해버리는 것. 물론 결과는 나쁘지만 적어도 내가 통제할 수는 있다.

자기파괴가 형편없는 자존감, 정신적 질환을 동반하게 되면 사람들이 가장 금기시하는 자해에 도달하게 된다. 많은 사람이 자해와 비슷한 것조차 경험하지 않을 테지만 나를 포함한 다른 많은 사람은 경험했다. 그러나 자해는 정신건강과 관련해 사람들이 불편하고 불쾌하게 생각하는 테마라 이에 대한 논의가 이루어지지 않거나, 십 대들의 구조 요청과 그 함의를 '시선 끌기', '이기적인 행동' 등으로 잘못 묘사하는 언론에 인해 축소된다(이런 말을 들을 때마다 눈이 돌아가는 것도 이제는 지쳐서 대신해줄 대리인을 고용해야 할 지경이다). 물론 일부 세상 사람들은 자발적으로 본인에게 해를 가하기 위해 자기보호의 필요성을 무시할 수 있다는 것을 이해하기 어려울 수 있다. 하지만 그것이 수년 동안 그런 아픔을 숨기며 사람들이 "너 팔에 그 흉터는 뭐야?"라고 물을 때를 위해 창의적인 답변을 만들어내는 전문가가 될 수밖에 없는 이들의 고통을 이야기하지 못하게 할 만큼 중요하진 않다. 그렇기 때문에 나는 내 경험을 공개적으로 이야기한다. 침묵하는 것은 사람을 지치게 하고 고립시킨다. 그렇게 당할 필요가 없다.

자해는 흔치 않은 경험도, 수치스러운 결함도, 개인의 실패도 아니다. 내가 자해를 경험한 건 강렬한 감정적 고민을 어떻게 할 수 없었기 때문이다. 자해는 무형의 수그러들 줄 모르는 정신적 고통을 강렬하고 정량화할 수 있는 물질적인 것으로 바꿔주는 매우 특정한 기능을 가지고 있으며, 일시적으로(내게는 늘 일시적이었다) 내가 가진 고민을 완화해주었다. 솔직히 말해서 당시 내 머릿속에 떠오르는 대혼란의 정도를 생각하면, 내게 안도감을 주는 거라면 그것이 자기파괴일지라도 매달릴 수밖에 없었다. 내 비논리적인 행동에는, 비록 실제가 아니었을 수도 있지만 경험하는 나 자신에게는 놀랍도록 실화 같고 무서웠던 나 자신에 대한 감정이나 내가 처한 상황에 근거한, 논리적인 이유가 있었다.

내 뇌가 나를 벌주는 상황에서 내가 나를 벌주는 순환을 어떻게 깰 수 있었는지 한 문단으로 일목요연하게 정리하는 것은 불가능하다. 나도 그게 가능하면 좋겠다. 사실 그 과정은 다분히 추하고 지루하다. 사실 자기파괴 아닌 다른 것을 누려 마땅하다고 느낄 수 있도록 마음을 열고 상담을 받는 것은 고사하고 내 존재에 대해 적극적인 역할을 하고 싶다는 생각이 들기까지도 오랜 시간이 걸렸다. 그러나 중요한 건 당신도 그 지점에 도달할 수 있다는 사실이다. '건강한 대안적 극복전략 찾기'와 같은 표현은 쓰지 않으려고 한다. 그 말이 사실이 아니라서가 아니라 전문가들이 나에게 너무 자주 언급한 내용이라 그 말을 들으면 조금 많이 소리를 지르고 싶어지기에.

자기파괴를 예방하는 일은 매우 개인적인 행위다. 나도 나만의 방식을 개발해야 했다. 어떤 것들은 시간이 지나면서 유기적으로 만들어졌고, 다른 것들은 '이렇게 하면 되겠지', '내 뇌와 몸에 영향을 끼치고 있는 트라우마보다는 지속 가능하겠지(단기적으로는 쓰레기같이 느껴지고 용인하기에 어려운 것들이더라도)' 하고 신뢰할 수밖에 없었던 믿음의 도약에서 비롯되었다. 내가 빠져나올 수 있었던 몇 가지 기술을 여기에 조금 소개한다.

- 내 상태가 하룻밤에 '나는 말로 다 할 수 없을 만큼 나 사신을 혐오한다'에서 '나는 나를 사랑하고 아낀다. 난 소중하니까!

(머리를 찰랑인다.)'까지 갈 수 있다고 기대하는 건 비현실적이다. 나는 내 속도로 연민을 향해 재즈풍 도마뱀 걸음으로 한 걸음씩 나아간다.

- 자기 자신의 고통을 덜어주는 일엔 노력이 필요하지만 터무니없이 긍정적이거나 할 필요는 없다. '어두운 욕실에서 샤워기 켜고 앉아 울기'는 놀라울 정도로 효과적이다.

- 추악한 색으로 네일을 하는 것만큼이나.

- 헤드폰을 끼고 이불 속에 가장 훌륭하고 폼 나는 태아 자세로 누워 시끄러운 음악 듣기.

- 개 안아주기. 내 옆에 있어주는 것이 개니까.

- 어떤 형태의 자기파괴에 봉착해 있더라도 나와 그 행위 사이의 거리를 유지하는 것이 중요하다. 실제로 '부서뜨릴 만한 도구를 내 주위에 두지 않기' 또는 '상황이 위험해지면 바로 그 자리를 뜨기'와 같은 방법은 숨통을 조금 틔워준다.

- 왜냐하면 충동은 지나가니까. 정말로. 지나간다.

- 종이에 '염병'이라고 쓰고 검은색으로 낙서를 하면 기분이 조금 나아진다.

- 내가 생각하기에 옳지 않다고 느끼는 어떤 방법으로 나의 경험을 바라볼 필요는 없다. '나를 더 강한 사람으로 만들었다'와 같은 말로 자해에 대해 긍정에 가까운 의견을 제시하거나 내 흉터를 '생존의 상징'으로 생각하지 않는다. 나는 내가 원한다면 이것들을 개의치 않을 것이다. 내가 원한다면 슬퍼할 수도 있다. 내가 원할 때 그

부분에 집중할 수 있고, 원하지 않을 때는 집중하지 않을 것이다.

- 마찬가지로 나는 사과하지 않는다. 나는 누구에게도 설명하거나 정당화해야 할 필요가 없다. 내 흉터에 대해 누군가 부정적인 의견을 갖고 있거나 문제가 있다면 그냥 내 앞에서 꺼지면 된다.

- 벽을 치기 전에 벽과 내 주먹 사이에 베개를 놓는 걸 잊지 않는다 (붓고 멍든 손과 딱지 진 마디가 그렇게 보기 좋지는 않다).

- 끔찍한 시간과 감정들은 더 끔찍한 것들로 맞서야 하는 것이 아니며, 나도 늘 그것들을 막을 순 없다. **그래도 괜찮다.** 나는 문자,

전화, 이메일, 팩스, 메신저 비둘기로 모든 게 폭망하기 전에 사람들에게 도움을 요청할 수 있다. 그렇게 하는 건 좋은 일이다.

- 인생에서 모 아니면 도인 경우는 매우 적고 나는 그 어중간한 영역을 견뎌나갈 것이다. 가능하다. 잔인하게 오래 걸릴 뿐(이 리스트를 작성하며 '잔인하게'라는 단어를 쓰지 않은 이유는 명확하지만, 단어 자체는 좋은 단어이고 내가 좋아하기 때문에 이 부분에선 항복할 수밖에 없었다).

- 안다. 세상의 끝일 수도 있다. 하지만 영원히 그렇지는 않다.

아기 걸음마처럼 조금씩 노력하라고요? 왜죠?
아기들은 걸음마를 할 줄 몰라요. 생각해봐요

앞으로 나아가려면 작고 화려한 도마뱀 걸음으로 걸어야죠

단란함

여어어어억!!

저기요,
왜 소리를
지르는 거죠?

개인적 판단을 삼가면서
나의 업적을 인정하고
나의 존재를 확인하고
있었거든여어어어억

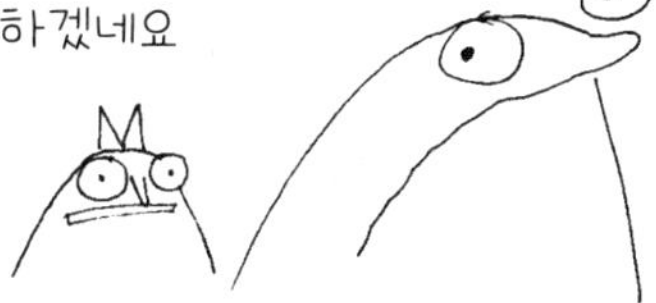

제길슨…
은근 무섭긴
하겠네요

아아아악!!

대안적 자기돌봄

도마뱀이 있는 곳으로 간다.
자, 이제 당신이 여왕!

벽에 크루아상을 던져
박살낸다

촛농에 팔꿈치를 담가
초를 망가뜨리면,
초가 당신 기분 같은 모양이
되어 있다. 꿀잼~

당신이 잘한 게 뭔지 아는 게 중요해요

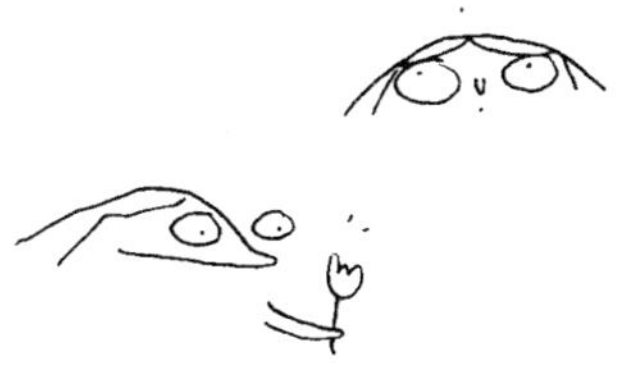

당신이 망쳐버린 일들이 당신이 잘한 일을
손상시키지 않게 하는 것도 중요하죠

그 둘은 공존할 수 있어요

당신이 성취한 것을 잘 지키세요

주장이 분명한 개

자신감
철썩
철썩
철썩
철썩
철썩
철썩
자기중심주의와
거만함에
대한 두려움

좋은 날

나쁜 날이 며칠 계속된 뒤
찾아온 좋은 날

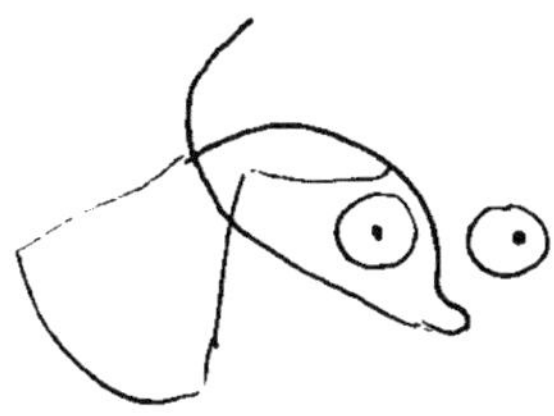

어쩌면 나도
가능한 걸지도 몰라

하하하

O.M.G

나 좀 짱인데?

나의 훌륭한 점 다섯 가지

1.   나는 개를 좋아한다

ㅂ)   가끔 눈썹이 예쁜 날이 있다

iii)   집에 오는데 버스가 한 대도 지나가지 않았다.
        내가 이겼음

III   개는 나를 좋아한다

Fig5   팔꿈치가 두 쪽 다 멀쩡하다

6.   나는 숫자 세기 같은 걸 엄청 잘한다

쓰담

저기

너 잘하고 있어.

그거 알지?

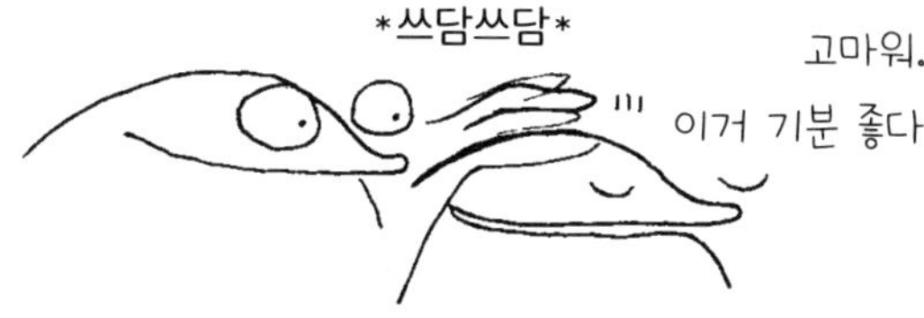

나 지금 내 일을 하고 있다고.
다른 사람들 일은 썩 꺼져

매지킨

아름다운 눈에 반짝이는 마법

SO,
HOW ARE YOU
FEELING
TODAY?

그래요, 오늘은
기분이 좀 어때요?

선생님, 제가 상태가
좋은 사람이 아닙니다

말하기 싫은 날의
내 기분을 나타낸 유용한 시각 지표

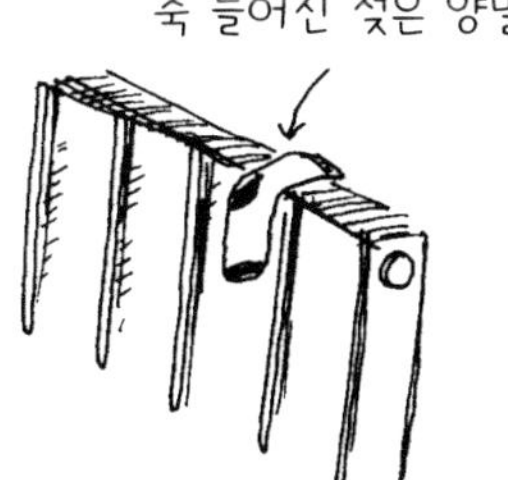

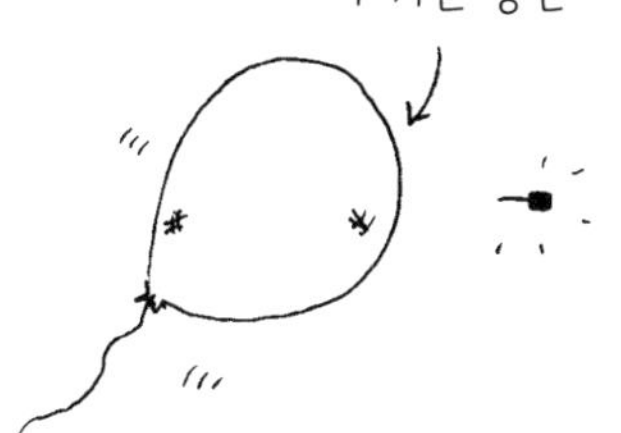

네에에에에에. 어젯밤에
세 시간밖에 못 잤어요.
내 뇌가 나를 혐오하고 천천히
끔찍하고 근심 걸쭉한 퐁듀가
되어버리는 것 같아서요.
하지만 봐요, 난 다리를 이렇게
할 수 있어요!!!

루비 씨, 괜찮아요?

그러니까 환자분이 조용하고
충동적인 경향이 있다는 사실에
대해서는 명확해진 거 같아요

그렇게 생각해본 적 있나요?

음음음?!
쓸데없는
쇼핑
더
쓸데없는
쇼핑

네. 그럼 이거
얼마나 걸리나요?

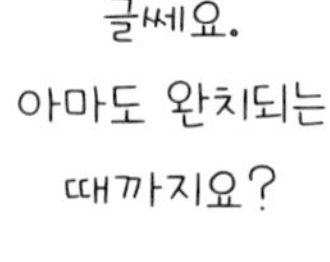
환자분은 지금
병에 걸렸어요

글쎄요.
아마도 완치되는
때까지요?

그래도 치료할 수는
있는 거죠?

그럼요

하지만 효과는
보장할 수 없고 대체로
본인 노력에 달렸어요

그런데요, 저는 이미 병에
걸린 것만으로도 피곤한데
보장도 못 하는 일에
제가 노력을 기울여야
하나요?

아! 몇몇
약도 있어요

그거예요!
주세요 주세요 주세요!

그런데 다시 말씀드리지만 이 약이
효과가 있을지, 증상을 악화시키는 걸
비롯한 여러 부작용을 감수할 만한
것인지 보장할 수 없어요…

이 브로슈어에
잘 정리되어 있으니
하나 가져가세요
세 달 뒤에
뵙겠습니다!

그렇다. 대화를 나눌 수 있는 누군가를 찾아가는 것(상담치료라는 게 대체로 이런 것 아닌가)에 대해 말하는 두려움을 극복해보자. 사람들은 비교적 일상적인 것에 대해 걱정이 된다거나 비참하고 불만스러워지면 아는 사람, 사랑하는 사람, 신뢰하는 사람에게 얘기함으로써 스트레스를 푼다. 그렇다면 매일 새벽 3시에 깨서 눈물을 훌쩍이며 죽고 싶다는 생각이 들 때는 어떨까? 집 밖에 나갈 때마다 걱정에 짓눌려 쓰러질 것 같다면? 말도 안 되는 이상한 생각이 드는데 그것이 너무 강력하고 지속적이라 내 머릿속에 있는 것 말고는 어떤 것도 이해되지 않는다면? 이런 정도가 되면 본인도 상태가 정말 안 좋아지고 있다는 것을 알고 있을 것이다. 전체적으로 우리 정신건강은 서로를 전적으로 지지하는 데 크게 의존하지만, 그것으로 충분하지 않을 때도 있다. 기본적으로 나는 상담치료를, 어려움을 겪는 사람들 모두가 필요로 하는 이야기하고 들어주기를 조금 더 구조적인 방식으로 하는 것이라고 생각한다. 그러니 정신과 의사와 상담실 소파에 대한 고정관념은 허물어버리자. (사실 내가 상담치료를 받으면서 소파를 본 적은 딱 한 번이었는데 그 위에 누울 수도 없었고 불편하게 생긴 쿠션이 덮인 이상한 장식물 같았다.) 상담치료가 필요하다는 사실 자체는 그렇게 큰 문제가 아니다.

나를 정말 열 받게 하는 건 따로 있다. 상담치료가 본인들의 문제를 스스로 해결하지 못하는 약해빠진 사람들의 히피스러운 핑계라는 오해. 이건 사실과 전혀 다르다. 몸이 편치 않은 것은 선택이 아니며, 그에 따라 종종 동반되는 고립감, 수치심, 죄책감, 도움받을 자격이 없다는 확신 또한 선택할 수 있는 것이 아니다. 사실 뇌 주름 한 마디 한 마디가 거기 녹아내린 뇌 더미 위에 홀로 누워 있으라고 소리를 지를 때, 쓰러진 당신 자신을 일으켜 세우고 도움을 요청하는 일은 **지랄같이** 힘든 일이며, 용감한 사람만이 할 수 있는 행동이다.

도움을 청할 수 있는 곳에 도달하기까지는 엄청난 정신적 노력이 필요하고, 스스로에게 문제가 있고 제삼자의 개입이 미룰 수 없을 만큼 절실하다는 사실을 받아들이는 데는 더 큰 노력이 필요하다. 나 같은 사람은 곯아떨어질 만큼.

나는 상담치료를 받다 말기를 계속해왔다. 치료사들도 겪어볼 만큼 겪어봤다. 훌륭한 치료사, 형편없는 치료사, 대부분의 소통을 근심 어린 눈썹을 통해 하는 치료사. 나는 종종 도끼눈을 뜨고 버스를 타고 치료를 받으러 다닌 그 모든 시간에(수백 시간은 될 게 분명하다) 다른 무엇을 할 수 있었을까 생각한다. 아마도 산 몇 개는 올랐을 거다. 바순을 배웠거나. 그것도 아니면 산 몇 개를 오르고 바순을 배우면서 영양한테 코 바느질을 가르쳤거나.

주제에서 벗어났다. 다시. 상담치료는 내 인생의 여러 시기에 여러 역할을 했다. 가끔은 압력 밸브이기도 했지만 온전히 생명의 동아줄이 되어준 적도 있다. 상담치료라는 것이 거대한 도발의 기능을 능가하는 것 외에 어떤 기능이 있는지 이해하

상담최고치료사

상담젠장치료사

상담꺼져치료사

정말로 상황을 이해하는
치료사는 부득이 휴직하거나
임신을 하겠지요.
원래 그런 법이니까요

지 못한 적이 한두 번이 아니다. 그렇지만 대부분의 경우 일주일 10,080분 중 50분 동안(말이 나와서 말인데 이런 이유로 나는 정시에 도착하는 것에 대해 스트레스를 받는다), 혼자 앉아 나를 들여다볼 필요가 없는 그 시긴 동안, 나는 의지에 털썩 앉아 예의 차릴 것도 없이 분출해냈다.

물론 이 과정에서 가장 중요했던 것은 상담치료를 받게 한 일들을 해결해나가는 것이었지만, 내가 상담치료에서 얻은 가장 중요한 것은 상담치료를 활용하는 방법과 더 나아가 누군가 나를 도울 수 있게 하는 방법이다. 그 부분에 대해 설명하려 한다.

나는 내 문제에 대해 얘기하는 데 어려움이 없었다(하지만 많은 사람이 이 부분을 어려워한다는 것을 알고 있다). 나는 내가 나를 얼마나 혐오하는지, 상담치료실에 얼마나 있고 싶지 않은지에 대해 아주 긴 시간에 걸쳐 이야기했다. 십 대 때는 매주 다리가 달린 화난 뇌운처럼 상담치료실로 쿵쾅대며 들어가 겸손한 논평을 분출했다. 이렇게 내 마음을 여는 건 문제가 아니었지만 **상담치료가 끝나면 무엇을 해야 할지** 그게 문제였다. 많이 초조했던 특별한 경우가 기억난다. 재앙적인 수준으로 우울증이 심했고, 초조했고, 모든 것이 헤아릴 수 없을 정도로 지긋지긋해서 상담치료를 더는 받고 싶지 않았다. 그런 상황은 낯설지 않았다. 나는 지난 수년 동안 이런 위기에 이르고 벗어나기를 반복하며 나 자신이 사라지기 전에 도움을 청하기 위해 최선을 다했다. 우울하거나 자살충동을 느끼는 것과 관련해 가장 힘들었던 건 내가 내 상황을 전혀 통제할 수 없다는 부분이었다. 내가 **유일하게** 통제할 수 있다고 느꼈던 건 내 출구였는데, 그곳은 거의 모든 이가 두려워하는 곳이었다.

그래서 나는 눈물 바람으로 상담치료사와 나 사이에 놓

인 상자에서 깔깔한 티슈를 홱홱 잡아 뽑으며 맞은편에 앉은 상담치료사가 모든 걸 통제해주길 바랐다. 아니, 저 사람은 어쨌든 치료사이고 치료사들은 나를 치료해줘야 하는 거 아닌가? 치료사들은 본인들만의 마법의 저장소를 마련해두고 사람들의 고통을 퍼다 나른 후 나중에 방에서 몰래 빠져나가 웃고 깔깔대며 무지개 오줌을 싸는 거 아닌가? 그런 거잖아. 그렇죠? **그렇죠? 오, 빌어먹을! 제발 이런 생각 좀 안 하게 해주세요!** 뭐 이런 식으로.

그런데 뭔가가, 1톤짜리 벽돌의 80분의 1 정도 되는 무거운 것이 나를 쳤고, 나는 생각했다. 아무도, 어떤 것도 지금 당장 이런 상황을 없애줄 수 없다고. 지금 일어나고 있는 일은 현실이며, 실존하며, 염병할 일이며, 나는 도무지 통제할 수 없고, 누군가 다른 사람이 (실제로는 할 수 없다는 것을 알면서도) 이 상황을 없애주면 좋겠다고. 그러면서 나는 나를 더욱 궁지에 빠뜨리고 자포자기하게 만들었다. 그나마 내가 통제할 수 있는 것은 이런 상황을 관리하는 방식이었다. 그래서 나는 상담치료를 받았다. 완치가 목적이 아니라 나의 어려움을 헤쳐나갈 수 있는 방식을 찾고 도움을 받는 게 목적이었다. 왜냐하면 일주일에 50분 동안은 치료실에 앉아 있을 수 있지만 결국은 그곳을 나와 남은 10,030분을 살아내야 하기 때문이다. 그 시간은 온전히 내 것이다. 반짝반짝 빛나는 행복한 사람이 아니지만 적어도 나는 내가 고통스러울 때 기회를 줄 수 있다. 그리고 도움과 지지를 그냥 묵살해버리지 않고 받아들일 수 있다. 물방울 정도가 아니라 대양이 증발하는 것을 원하기 때문에. 일 분 일 초는 내 것이고 내 시간이며 지금 당장은 관심이 없을지라도 놓지 않을 것이다. 나를 집 밖으로 끌어내고 상담치료사의 티슈 재고를 축내는 나의 일부가 나중에 그 시간을 원할지도 모르기 때문에. 그 시간을 원하는 나의 일부는 커질 수 있다. 지금까지도 커졌다.

가끔 내가 굉장히 크고 뭔가 꽉 찬
느낌이 들어서 지구상의 어떤 것도
나를 억누를 수 없을 것 같은 느낌이 든다

그 밖의 시간에는 세상은 너무 크고
나는 아주 작게 느껴진다.
팽창, 수축, 팽창, 수축, 팽창, 수축, 팽창…

내가 아무 생각이 없는 건 아니야

엄청 많은 생각이 떠오른다고

하지만 종잡을 수 없는 것들이지

그중 하나를 잡으면 말이야

그걸 지키는 게 너무 어려워

난 결국 이 시끄럽고 환장하게 성가신

"새"각에 갇혀버려

뭐 하나 딱 부러지게 잡을 수가 없어

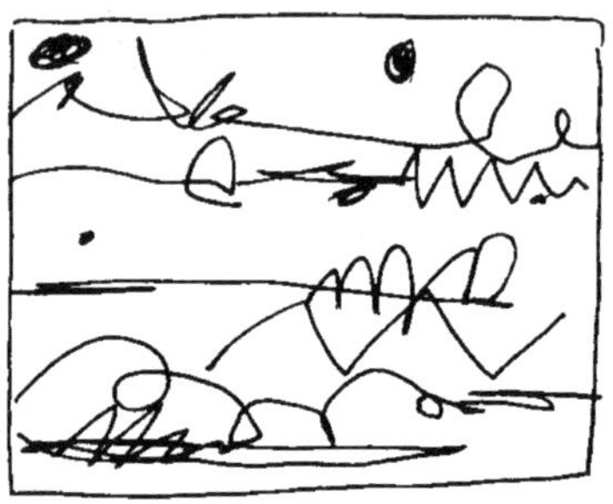

보시다시피 패턴이 전혀
아니기 때문에 그냥 빌어먹을
무더기라고 할 수 있습니다

나는 아무것도 아닌 것들에 대해 걱정한다. 아무것도 없이 베개와 애프터 에이츠(민트 초콜릿 브랜드—옮긴이)로만 채워진 안전한 정육면체에 들어가 있더라도 나 자신을 극도의 흥분 상태로 몰아 불에 타버릴지도 모른다고 생각한다. 내 뇌는 계속 옆길로 새면서 '이렇게 되면 어쩌지'를 대입하며 뭔가 작은 것을 내 두개골 안에서 원래 크기보다 열두 배쯤 커질 때까지 눈덩이처럼 굴리는 끔찍한 습관을 가졌다. 그 자체만으로도 해결하기 위한 노력이 필요한데 이런 게 기본 상태이다 보니 정말 걱정해야 할 일들이 생기기라도 하면 '그래, 그럼 이 한 겹짜리 근심의 스펀지케이크를 피사의 사탑만큼 높고 거대한 8층짜리 불안의 웨딩케이크로 만들어보자. 위에 크림이랑 반짝이도 올리고 소리 지르는 작은 사람들 퐁당도 올리고'가 돼버린다. 물론 현실에선 케이크 같은 건 없고 밖으로 나가 현실 속 사람들과 대화해야 하며, 세상이 멸망의 상황처럼 느껴져 호흡항진 중인 나만 바닥에 웅크려 누워 있을 뿐이다.

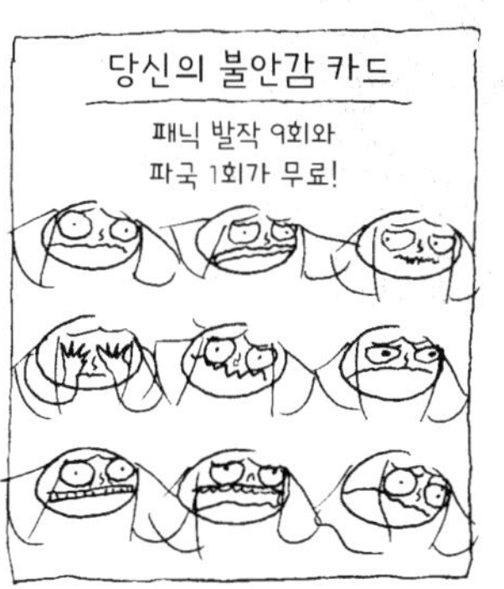

전 그냥

조그만 사람인데요

몇 주 몇 개월에 걸친 고된 작업 후

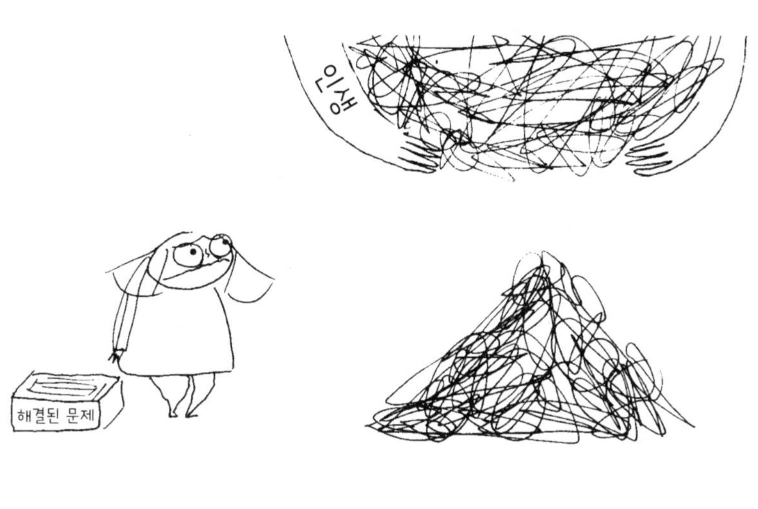

인생
해결된 문제

앙앙
옴마!

곧!
머지않아
다 할 거야
정말 곧
지금 당장은 두려움, 불안 같은 것들로
마비되어 할 수 없어도
머지않아!

“마음 다스리기”라는 말

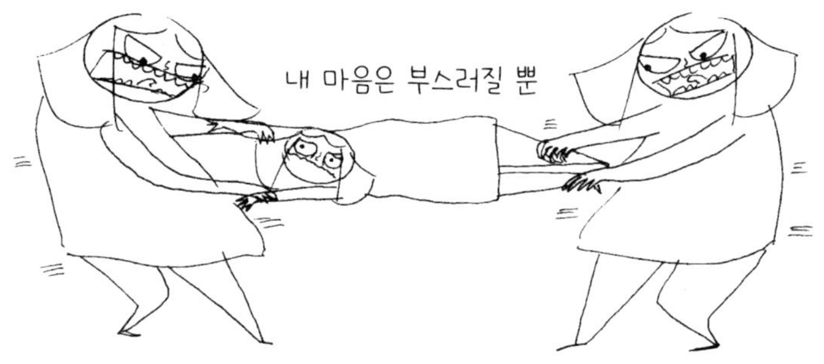

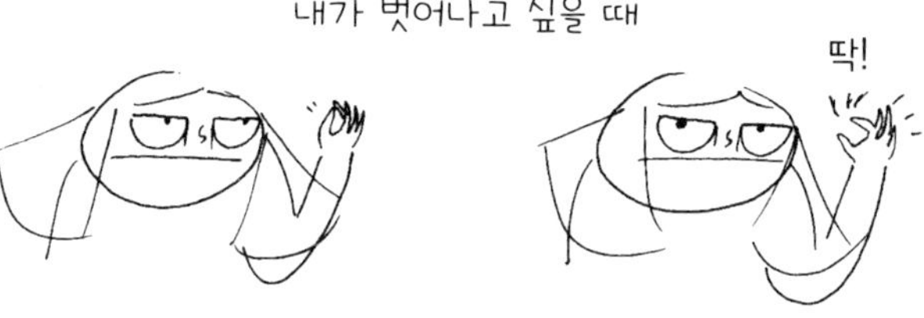

이렇게 벗어날 수 있는 거라면, 이미 벗어나지 않았을까?

이것 좀 봐. 여전히 상태가 안 좋잖아.
완전 복잡하고 어려운 질병이 손가락으로
“딱” 소리 내는 걸로 치유되지 않는다고,
누가 생각이나 하겠어?

조울증

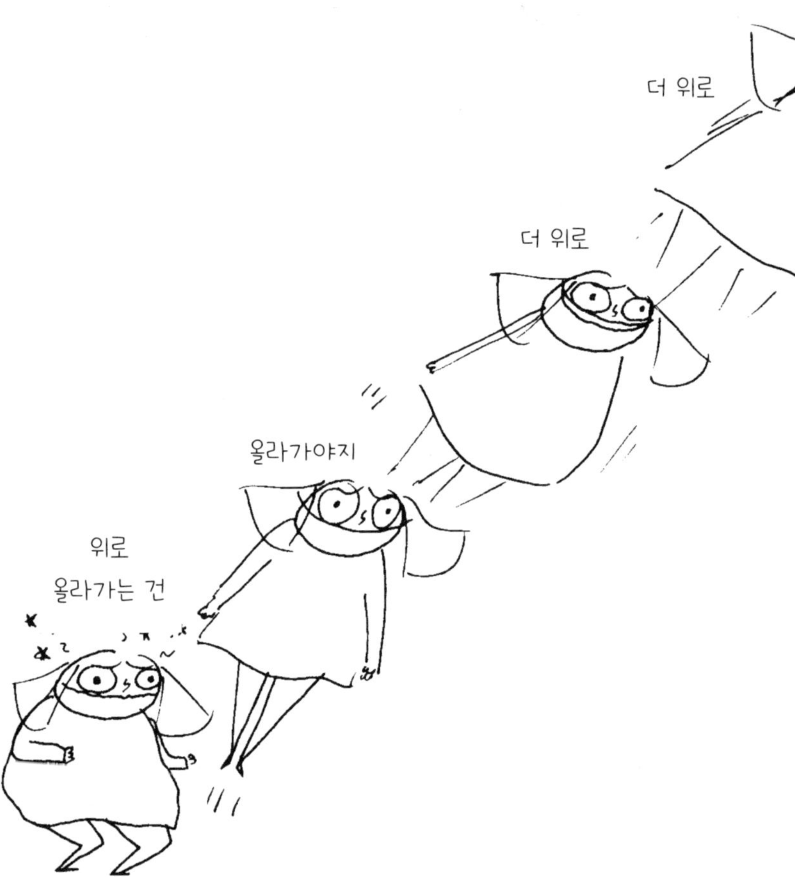

언제까지 위로 가냐면
쿵
*만화에서 높은 곳에서
떨어질 때 나는 휘파람 소리*

철푸덕

조울증은…

- 병이다.
- 대부분의 경우 엄청나게 불쾌하다.
- 내 삶과 나를 구성하는 일부이다.
  그러나 내 정체성의 전부는 아니다.

조울증은…(오해 버전)

- **재미있는 괴짜들의 특징이다** — 네버. 난 나비를 뒤집어쓰고 장난기로 눈을 반짝이며 걸어다니는 게 아니며, 내가 조울증이 있다고 해서 내가 또는 조울증 있는 사람들이 호기심의 대상이 되어서는 안 된다. 조울증을 고통받는 창의적인 사람의 고뇌로 취급하는 말도 안 되는 환상이 존재한다. 그렇다. 일부 조울증을 가진 사람 중에 예술가, 영화감독, 소설가 들이 있고, 이 사람들이 발가락으로 하프를 튕기며 작품활동을 하기도 한다. 나도 그중 하나일 것이다. 하지만 나는 갈색 머리에 웍을 가지고 있지만 아무도 "아! 갈색 머리와 웍, **그래서** 당신이 예술을 하는군요!"라고 말하지 않는다. 꺼지셈. 조울증은 만성질환으로 삶에 지장을 주는 병이다. 재능처럼 여겨서는 안 된다.

- **조금 변덕스럽거나 엉뚱한 것을 묘사할 때 쓰는 형용사다** — 아니요! 그런 거 아니에요~ 그런다고 똑똑하고 재밌어 보

이지도 않을 뿐더러 정말 편치 않은 사람들의 고통을 약화할 뿐이다. 다른 단어가 많으니 찾아 쓰자.

- **아침에 일어나면 행복했다가 조금 슬퍼지고 그런 다음 다시 괜찮아지는 것이다** — 노노노. 모든 사람은 감정기복이 있고 그건 삶의 일부이며 그래서 형편없기도 하고 그럴 수도 있다. 하지만 감정기복이나 조울증과 연관된 에피소드(그렇다. 이건 당신만의 섬뜩한 TV쇼의 주인공이 되는 것과 같다)는 우리가 '정상'이라고 하는 것의 한계를 한참 넘어선다. 조울증이 있다고 건강한 감정기복이 없는 것은 아니다. 그 모든 감정기복을 겪으며 매우 극단적인 감정기복을, 울증 및 조증 에피소드의 형태로 관련 증상을 동반해 추가로 겪는 것이다. 엄청 많이!

이걸 달아도 모든 문제가 해결되지는 않겠지만 적어도 쓰러지지 않게 해주므로 페달을 밟는 데 집중할 수 있다

우후~ 처음 느껴보는 최고의 기분이야.
선량한 생각도 많이 들고 눈이랑 코에서
반짝이가 뿜뿜 뿜어져 나올 것 같아.
나는 행복 행복 **행복해**~ **뭐든지** 할 수 있어!

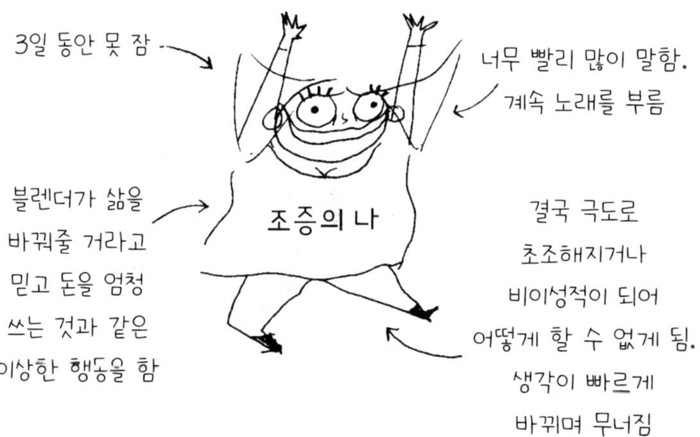

지금은 좀 슬퍼. 모든 게 엉망이야.
안물안궁…

나는 실제가 아니다.
나는 그저 끝없는 슬픔의 고속도로이고 어디로 향하는지도
모르겠다. 슬프지 않을 때는 무감각하다.
이런 상태가 변하지도 않을 텐데
이렇게 지속한다는 게 뭔 소용인가. 알게 뭐야…

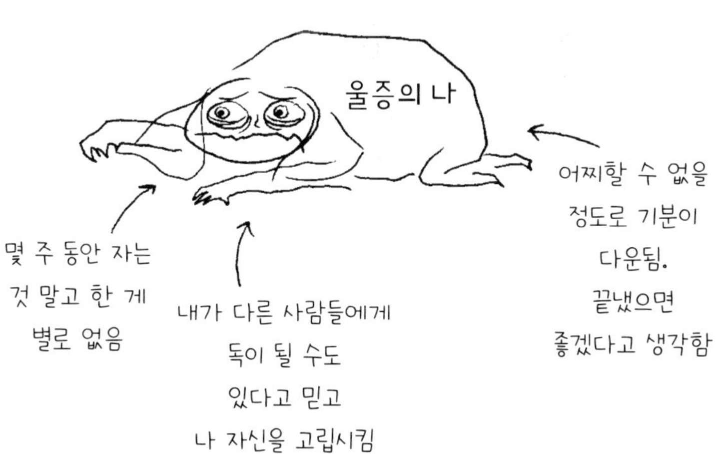

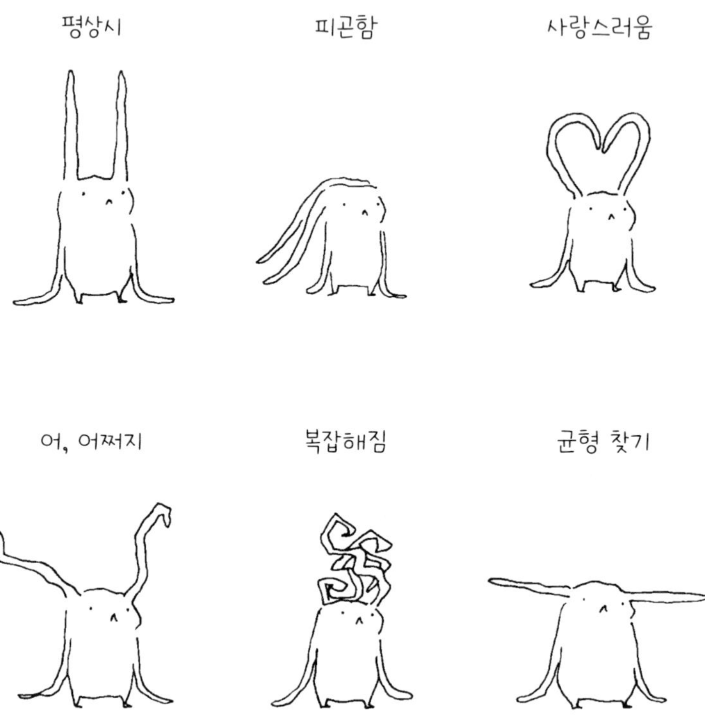
평상시
피곤함
사랑스러움
어, 어쩌지
복잡해짐
균형 찾기

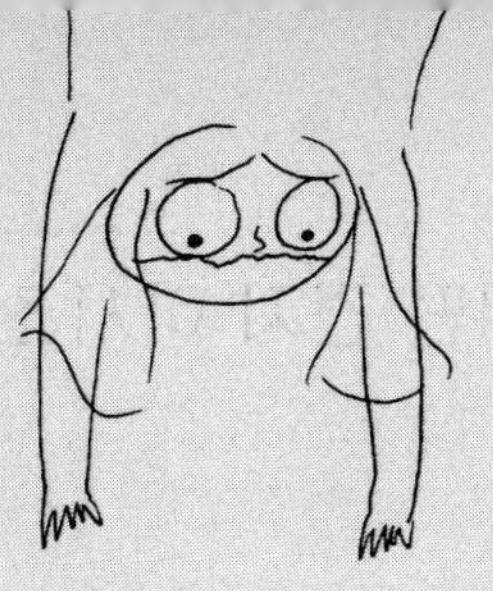

4

LOST: SENSE OF SELF

잃어버린 자존감을 찾아서

어떤 건지 아시죠…

좋은 날도 있고

나쁜 날도 있고

이유도 없이 갑자기
도마뱀이 되는 날도 있는 거잖아요

다 거짓말이죠?

글쎄요, 정체성 위기를 겪고 있는
사람인데 선생님께서 알려주실
수 있지 않을까 싶어서요

그것 때문에
삶이 좀 망가지고
있거든요

달걀   매끄럽고

미스터리하고   아주 지혜롭고

당신보다
자존감이 높다

125

사실 사람들이 내가 사람이
아니라는 걸 알아차리는 건 시간문제다.
난 그저 작은 사람 같은 부스러기들을
테이프로 얼기설기 붙여놓은 것에 불과하다

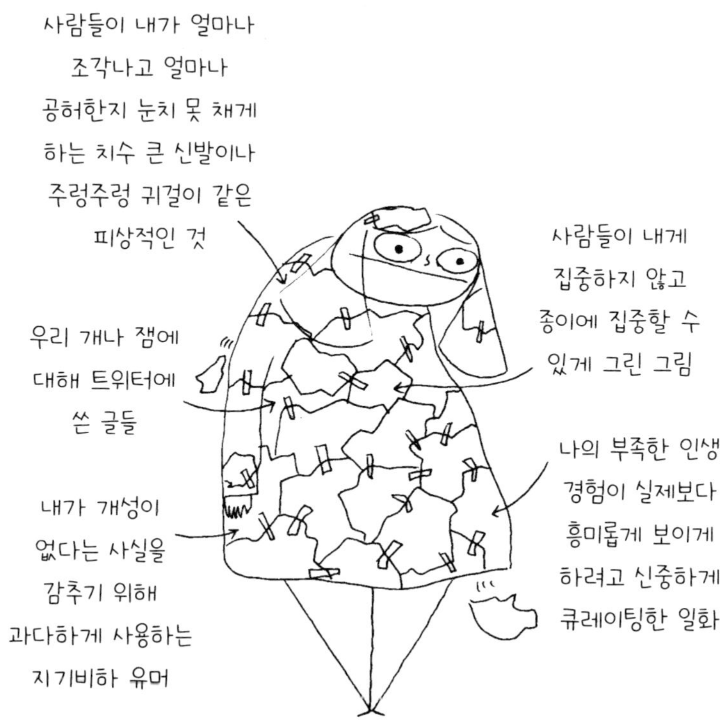

내가 어디에 맞는 것인지 어떤 사람들과
어울릴 수 있는지 왜 이런 쪼가리인지 1도 모르겠어

그래도 지그소 퍼즐에 조각이 하나만 있는 건
아니니까. 나만 약하고 혼란스러운
상태로 비척거리는 건 아닐 테니까.
조금은 위로가 되네… 조금은…

아… 뭐가 많은데… 아무것도
아니기도 하고… 뭘까?

넌 어떻게 매번 딱 옳은
말만 하니?

자, 커리어부터 볼까요?
주절주절… 열다섯 살에게는
전혀 상관없는 정보… 주절…
대학… 학위… 주절주절…

그래서 본인이
하고 싶은 게 뭐죠?

취업 상담소

취업 상담소
직원이요

나가요

이력서

학력:

2005-2011

끔찍한 분투와 제한적인 성공

이력:

내가 원하는 직업을 갖는 데

도움이 될 만한 이력 전무

특기 사항:

– 뭐든지 폭망하기

– 끊임없이 부적절하기

– 매 순간 다소 극단적으로 흐트러지기

– 창의적으로, 높은 빈도로 욕하기

– 잦은 신경쇠약

– 얼굴 표정 통제 불능

– 이건 방귀 뀌는 고양이님

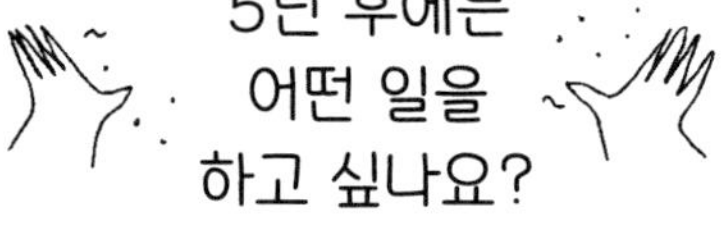

5년 후에는
어떤 일을
하고 싶나요?

몇 분만
기다려주세요

끄적끄적
끄적이는 듯
끄적
끄적
끄적
됐어요

이건 그냥 피자 박스에
"잼"이라고 여섯 번
쓴 거잖아요
넵
헐

자아를 찾아 배낭을 메고
대모험을 떠날 거예요

다시 자아를 찾을 수 있게
명상을 하고
머리를 비울 거예요

진취적으로 새로운 것을 많이
배우고 흥미로운 정보로 머리를
채워나갈 계획이에요

깜짝 놀랄 만큼
꼼짝하지 않고 내가 얼마나
지루하고 별것 아닌 사람인지에
대해 약간 신경쇠약에
걸릴 예정이에요. 뭔가를
바꿔본다든지 나에게 도움이
될 만한 시도를 하는 일은 없을
거예요. 왜냐하면… 하하…
그건 너무 벅차거든요

그래, 여기 있으면 안전할 거야.
그래, 나는 필사적으로 외로워. 아니, 닥쳐줄래

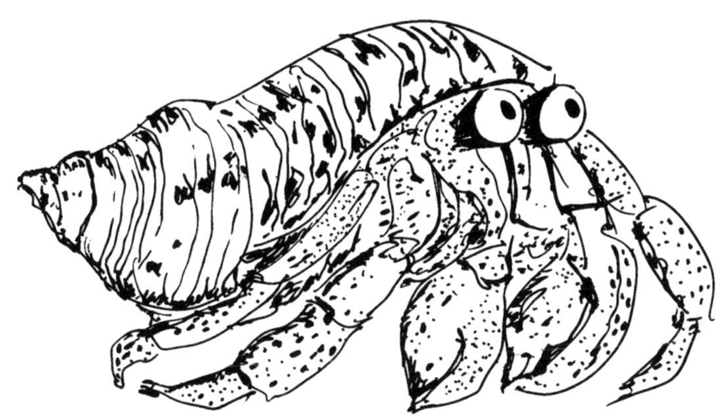

뭔가 걱정거리가
생기면

난 그보다 더 큰
걱정거리를 만들어

그럼 먼저 했던
걱정이
작아지거든

그럼 걱정거리가
두 개가 되고 전혀
도움이 안 돼

너도 네가 누군지
모르겠지?

나는 ~~여왕~~ 신이다

도대체
뭘 하는 거야?

적극적으로
긴장을 풀고 자책 좀
그만하려고

그래, 잘돼가?

응, 아름답게
훌륭하게
아주…

나는 이전에 만난 적 없는 사람들이 가득 찬 어두운 방에 서 있다. 이 모든 사람이 편하게 있기에는 내가 입고 있는 원피스처럼 너무 작아 보이는 공간이다. 대화를 이어갈 수 있는 확률을 거의 제거해버리는 볼륨으로 음악이 흐르고 있는데, 이상한 건 주위를 둘러보니 여기 있는 사람 중 절반이 '당신이 뭐라고 하는지 잘 들리고 이해하고 있으며 고개를 끄덕여 관심을 표현하고 있어요'를 잘하고 있다. 나머지 절반은 이미 술에 절어 상대방이 이야기를 듣고 있다고 믿으면서 자신들이 배낭여행을 다녀온 태국에 대해 저예산 영화를 제작할 것이고 킥스타터(문화 프로젝트를 위해 모금받는 미국의 크라우드 펀딩 서비스—옮긴이)도 진행할 거라는 얘기를 떠들어댈 것이고. 우리 모두 아주 완벽하게 신나는 시간을 보내고 있는데 염병, 이 짓거리가 애초에 누구 생각이었던 건지?

나는 가끔 사람들이 이런 곳에 본인들이 두 시간 전에 있던 차림으로 나오는 상상을 한다. 집에서처럼, 잠옷 윗도리에 무릎 나온 트레이닝 바지 차림으로 '하우스 오브 게임 오브 매드 카드' 시리즈를 정주행하며 오래된 콘플레이크를 30분 동안 건성으로 주워 올리던 모습으로. 그럼 시간이 많이 절약될 것 같다. 두 사람이 서로 만나 **"무슨 일 하세요?"** 하며 서로 이상하게 보이지 않기 위해 정보를 날조하는 법석을 떠는 대신 서로의 콘플레이크 부스러기를 가리키며 '흐흐… 그럼 그렇지!' 할 수 있다면 좋을 텐데.

하지만 사람들은 직접 아니면 우회적으로 당신이 누구인지, 뭘 하는지, 관심사가 무엇인지, 의견이 없으면 바보 같아 보일 만한 일에 대해 의견을 묻는다. 물론 어른이라면 답할 수 있어야 하는 것들이다. 나는 개성이 강한 사람을 만날 때마다 쩔쩔매는데 내가 누구인지 딱 잘라 설명하는 게 어렵기 때문이다. 지질한 자존감과 질병으로 완전히 포괄될 수 있는 사춘기의 조합은 본인이 하는 일이 무엇인지 정확히 아는 것처럼 보이는 자신감에 넘치는 사람들로 가득 찬 세상에서 나 자신이 이해할 수 없는 물음표를 가진 사람이라 느끼게 했다. 나의 조각을 천천히 충분히 긁어 모아 다시 떼어 붙여 나를 고정하고, 나 자신의 맥락을 맞추고, 나라는 사람으로 바깥세상에 내어놓을 수 있는 새로운 나를 만드는 일은 늘 힘들었다. 얼마 안 되지만 이제 그런 내가 몇 개 존재하고 상대적으로 나는 이전보다 더 사람이 된 것처럼 느끼지만 그렇다고 공허함이 질척거리는 호래자식처럼 들러붙는 것을 막진 못한다. 그 호래자식은 빠른 잽으로 가끔 내 확신에 구멍을 내고 나 자신이 상당히 슬픈 스위스 치즈 덩어리 같다는 기분이 들게 한다.

이렇게 스스로를 다른 사람들과 신랄하게 비교하거나 내가 아닌 어떤 것이 되어서는 살아갈 수 없다는 것을 나는 알고 있다. 이 두 가지 방식으로 존재하는 것은 모두 유독하다. 무섭긴 해도 오늘의 나는 내가 지금까지 이룬 것들을 가지고 그것을 기억하며 다른 사람들처럼 전진할 수 있다. 나는 내 궤도를 가고 있으며 나는 괜찮다. 그리고 매 순간 일어나는 일에 대해 다 아는 사람은 한 명도 없을 것이다. 그저 어떤 사람들이 가식을 잘 떠는 것일 뿐.

주장이 분명한 개

I'VE GOT A LOT ON MY PLATE

먹어야
할 것이 너무 많다

또 하루, 또 점심,
눈물 젖은 풀 한 바가지나
씹는 거 말고
먹고 싶은 거 먹었음 좋겠다

안녕하세요~
커피벅스 짝퉁 체인에
오신 걸 환영합니다!
아름답고 사랑스러운
오늘, 어떤 음료를
준비해드릴까요?

네네, 알겠습니다!
어떤 사이즈로
드릴까요?
타이니, 그란데, 스몰,
미디엄, 골리앗, 맥빅
사이즈가 있습니다

음… 커피요?

어…
욕조 사이즈
아세요?

네네…
손잡이 달린 거
드리면 채워주실 수
있나요?

네?
아니에요,
그냥 맥빅 사이즈
주세요

언젠간 통하겠지…

내 위

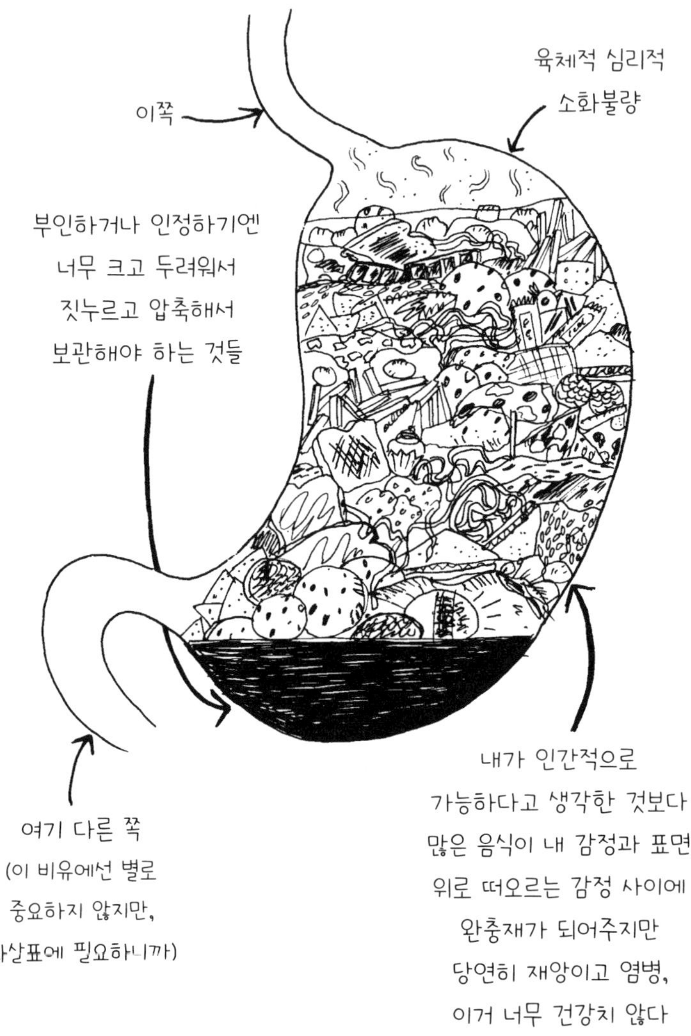

이쪽
육체적 심리적
소화불량
부인하거나 인정하기엔
너무 크고 두려워서
짓누르고 압축해서
보관해야 하는 것들
여기 다른 쪽
(이 비유에선 별로
중요하지 않지만,
화살표에 필요하니까)
내가 인간적으로
가능하다고 생각한 것보다
많은 음식이 내 감정과 표면
위로 떠오르는 감정 사이에
완충재가 되어주지만
당연히 재앙이고 염병,
이거 너무 건강치 않다

(매우 아이러니한)
식이장애 파이형 도표

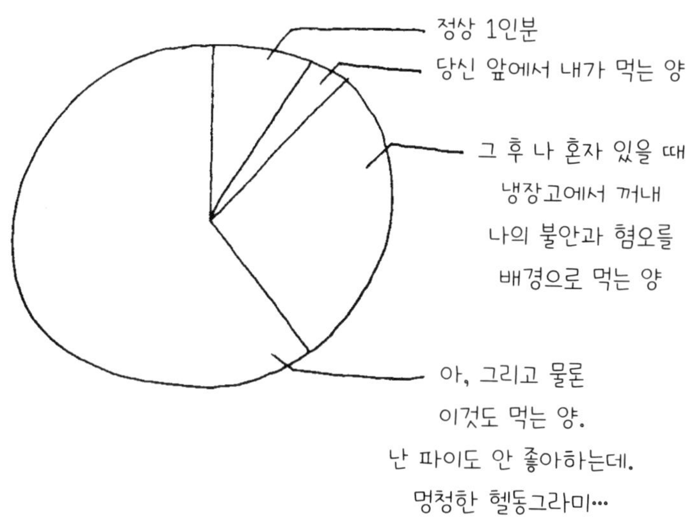

내 아들, 내 보배.
간식으로 아주 맛난 벌레를
가져왔다

제길슨,
저 채식하는데요

내 집에서
나가라

실제 음식이라고 거짓말하는 음식

~~호밀 크래커~~

모래를 압축해 만든
사각형의 타일

~~다이어트 시리얼~~

지옥에서 지옥으로
만든 고가의 플레이크

~~지지방 요거트~~

모든 즐거움을 제거한 상한
우유로 여성을 상대로 해서
공격적인 마케팅을 함

~~치칼로리 간편식~~

절대 식사 아님. 대부분 오래된
완두콩이 뭔지 알 수 없는 소스에
떠다님. 약간 죽음의 냄새가 남

~~"라이트"라고~~ ~~써 있는 모든 것~~

내 집에서 좀 나가줄래?
인스턴트야, 돌아오렴

배고픔

아, 지금 배고프다는
육체적 지각을 경험하는 중이군

생리 전 배고픔

내 앞에 다 비켜! 아이고 나 죽어!
내 배는 밑 빠진 독, 지금 당장 **하늘만큼
땅만큼** 먹어치우리라! 그렇지 않으면
비명횡사하리라!!!

내가 꿈꾸는 마법

파스타의 분량을 완벽하게
계산하는 마법

네, 그거요.
내가 원하는 건 그게 다예요.
매번 스파게티 만들 때마다
냄비에 남은 노랗고
슬픈 덩어리를 빤히 쳐다보며
뭐 하나 제대로 하는 게
없는 무능력한 나를 저주하고
싶지 않아요

*조건 적용. 위 발언은 아마도 확실히
음식과 나에 대한 완전하고 정확한
설명이 아니며, 수년간에 걸친
섭식장애와 음식 관련 폭망 스토리는
내가 뭘 하고 접시에 뭘 올려 먹는지에 대한
불안 재고만 늘렸을 뿐이다. 뭐, 누가
이 모든 걸 한 문장으로 말해보든가요

쇼핑

1) 슬림 비스킷

2) 저칼로리 노맛 수프

3) 브로콜리 칩스

4) 뚱뚱이맛 플레이크

5) 쪼꼬쪼꼬

6) 특대 감자칩

7) 추억의 벽돌 치즈 과자

8) 냠냠 피자

곰 세 마리(와 폭식증)

옛날 그러니까 옛날에, 골디락스라는 소녀가 숲속을 헤매다
어느 집 앞에서 넘어졌어요. 골디락스는 주방으로 걸어 들어갔어요.
테이블 위에 죽이 세 그릇 놓여 있었어요

골디락스는 아주
오랫동안 죽을 빤히
쳐다봤어요. 절대
먹지 않겠다고
다짐하면서요.
하지만 '먹으면
안 돼.' 하고
생각할수록 더 먹고
싶어졌어요

결국 골디락스는
의자에 앉아 죽
한 그릇을 먹었어요

그리고 숟가락을
쓰지도 않고 또
한 그릇을 먹었어요

마지막 그릇까지
다 비웠을 때
골디락스는 배가 불렀고
죄책감을 느꼈어요

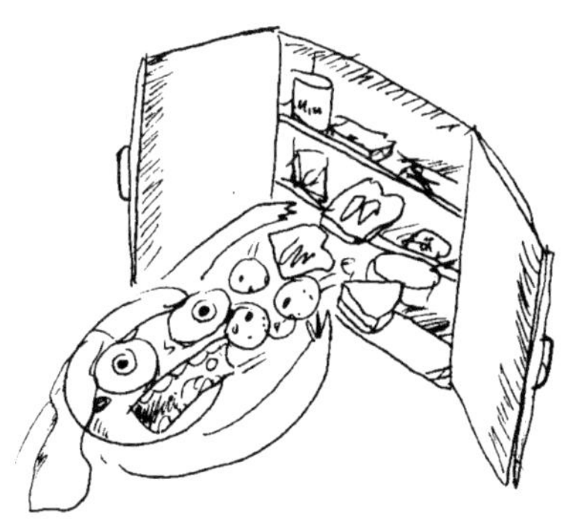

골디락스는 너무 당황한 나머지 찬장을 확
열어젖히고 먹을 수 있는 모든 걸 게걸스럽게
입에 구겨 넣었어요

집주인인 곰 세 마리가 집에 돌아와 폭탄 맞은 주방을
발견했고 침입자를 찾기 시작했어요. 그리고 화장실에서
비틀거리며 나오는 골디락스를 발견했어요.
당연히 화가 났지요

집주인은 곰이니까 골디락스를 그 자리에서 잡아먹기로
했어요. 그런데 골디락스가 바닥에 주저앉아 눈물을
흘리기 시작했어요. 곰 세 마리 가족은 울고 있는
반찬거리를 이해할 수 없어 잠시 멈추었어요

다행히 아기 곰은 심리학 학위를 가진 잘나가는 전문
상담치료사였어요. 아기 곰은 골디락스의 손을 잡고
조심조심 침대 쪽으로 가서 침대를 가리켰어요.
누워 있는 게 도움이 될 거라고 생각했거든요

"자, 누우세요." 아기 곰이 말했어요.
"신기한 털 없는 곰 씨, 이제 좀 쉬고 당신 자신에게
친절하게 굴도록 하세요."

근데 너는 섭식장애
있는 사람처럼
안 보이는데? 넌
마르지도 않았잖아

맥레디, 넌 토스터기를
가진 사람 같지 않아 보여.
토스터기 소유자가 가진
흔적을 전혀 찾아볼 수 없네

섭식장애는 토스터기를
갖는 것과 같아. 그냥
보기만 해선 누가
토스터기가 있는지 없는지
알 수 없잖아.
그건 말이 안 돼　　　아…

괜찮아.
이제 토스트가
좀 당기네　　　미안해

아직 굽는 중

안녕하세요. 알림 전화를 드립니다.
지금 당신은 당신 몸을 손상시키고 있어요.
당신의 식도는 조각조각 상처 났고
당신 위는 통증을 느껴요.
지금 당신은 당신 돈의 대부분을
먹는 것과 그걸 토해내는
약을 사는 데 탕진하고 있어요.
당신 삶을 집어삼키고 있습니다.
그만하셔야 해요

섭식장애를 겪는다는 게 어떤 것인지 어떻게 설명해야 할까. 여기 앉아서 내가 겪었던 거식증, 폭식증, 과식증에 대한 끔찍한 이야기를 늘어놓을 수도 있다. 왜냐하면 나는 이미 그걸 경험했고 티셔츠도 모든 사이즈로 사봤으니까. 당신이 섭식장애를 겪어본 적 있다면 이미 어떤 걸 말하는지 익숙할 것이다. 겪어보지 않았다면 과장된 체중 감소나 통제 불가능한 칼로리 섭취로 일관된 끔찍한 폭식 포르노에 대해 굳이 이야기해주고 싶지 않다. 이런 부분은 사실 매우 현실적이고 복잡한 질병의 가시적인 발현 중 일부일 뿐이니. 내가 초점을 맞추고 싶은 부분은 어깨 위에 있는 부분, 즉 섭식장애가 당신의 머리에 어떤 영향을 주는지에 대해서다.

자, 그럼 내가 (놀랄 것도 없지만) 신경과학자가 아니라는 사실은 제쳐두고 일단 이것을 마음이라고 하자. (나도 안다. 뇌를 그릴 수도 있었지만, 그 구불구불한 아무 의미 없는 그것을 그리고 있을 시간이 없다.)

일반적으로 마음은 수없이 많은 것으로 구성되어 있다. 생각, 의견, 희망, 두려움, 중요한 관계, 관심사, 싫어하는 것, 이미 경험해본 것과 아직 경험해보지 못한 것. 그리고 일상적인 헛소리들이 이런 것들 사이에 위치해 있다.

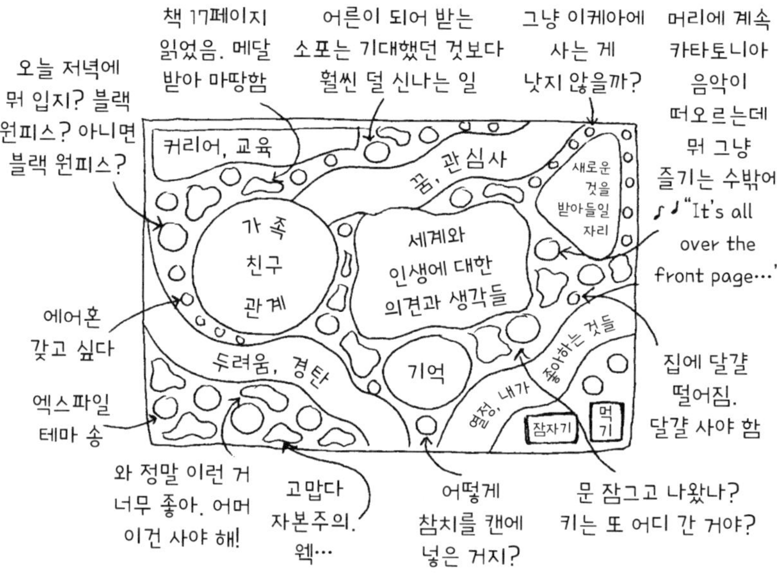

오른쪽 아래 코너에 삶을 지속하기 위해 실행하도록 우리 몸에 프로그램되어 있는 생물학적 기능을 두 개 적어놓았다. 이 두 가지는 사고 공간에서 차지하는 비중이 크지 않은데, 그건 이 두 활동이 매우 간단하기 때문이다. 몸이 피곤해지면 사람은 쉬어야 하고 잠을 잔다. 배가 고파지면 뇌에서 "이 바보야, 가서 샌드위치나 뭘 좀 만들지 않을 테야?" 하고 소리치고 그러면 우

리는 샌드위치를 만들어 먹고 그 상태를 벗어난다.

　　내 생각에 사람들은 섭식장애가 살을 빼거나 날씬해지고 싶다는 생각과 전혀 관계가 없다는 것을 이해하지 못하는 것 같다. 물론 섭식장애는 종종 체중이나 음식에 대한 강박적인 몰두, 극심한 경우 섭식과 관련한 위험한 행동을 동반함으로 정의된다. 그렇지만 이것은 깊숙이 자리잡은 심리적 고통을 표출하는 물리적 수단일 뿐이다. 그렇기 때문에 거식증을 '통제 밖으로 벗어난 다이어트'로 부르거나 과식증과 폭식증을 음식에 대한 게으름이나 의지박약 때문에 생긴 문제로 치부하는 것은 오류가 있다. 이것들은 '정신질환'이다.

　　내가 처음 섭식장애를 겪은 건 열네 살 때였다. 정확한 원인이 무엇이었는지에 대해서는 언급하지 않겠지만(왜냐하면 그것은 또 하나의 매우 복잡하고 칼로리 풍성한 전혀 다른 문제이므로) 거식증은 너무나 급작스럽게, 공격적으로 내 몸과 마음을 장악해버렸다. 그리고 얼마 안 돼서 과식증과 폭식증에 시달렸고, 이 증상들은 수년 동안 반복됐다. 그 과정에서 때로는 극심한, 때로는 조금 덜 극심한 신체적 고통을 겪었는데, 분명한 건 지속적으로 무질서한 정신 상태가 유지되었다는 것이다.

　　병으로 고통받던 내 머릿속은 이런 모습이었다.

　　(*강의할 때 쓰는 그 뾰족한 막대기를 꺼낸다*) 네, 그러니까 보다시피 아주 작은 부분을 차지하던 '샌드위치 먹고 싶다, 샌드위치 만든다, 샌드위치 먹는다' 부분이 걷잡을 수 없이 커지

희망
꿈
관심사
의견
가족
친구
교육
두려움
경탄
커리어
기억
열정
내가 좋아하는 것
새로운 것을 받아들일 자리
내 몸이 너무 싫어 좋지 않아
운동
먹기
나는 누릴 자격
이 없어
음식
집중
음식 식품
토할 것 같아
토할 것 같아
통제불능
토할 것 같아
수치심
변비약
오늘
뭐 먹지?
가서 욕실
벽이나 닦아
어떻게 이럴
수가 있지?
고래 임산부 비행선
음식 뚱뚱해
음식
몸무게 증가
나는 공허로
가득 차 있다
점심 먹지 마
제거
의미 없다
음식
꽉
음식 과식증
간식
내가 역겹다
날씬이
쟤는 나보다
날씬하다
못생김
저녁
왜
아무도 몰라
음식
다이어트
무게
너무 피곤해
변비약
태워버려
식단
제한
그만두질
못하는
걸까
음식
킬로그램
절대
안전하지
칼로리
바보
바보
바보
수치스러워
포기해
공포
않아

면서 나에 대한, 그리고 그 밖의 다른 모든 것은 내 생각을 저 먼 구석탱이로 몰아냈고, 그 중요성 또한 먹는 것, 섭식과 관련된 불안 및 자기혐오의 연속으로 가려지게 되었다. 먹는 것 이외의 어떤 것에 소모할 수 있는 공간이나 에너지는 조금밖에 남아 있지 않다. 그리고 이 지점이 섭식장애를 겪는 나에게 가장 고통스러운 지점이었다. 내가 먹거나 먹지 않는 것에 대한 두려움에 완전히 사로잡히는 것.

또래 친구들이 A학점 받는 법이나 술 처음 마시고 숙취 해결하는 법을 고민하는 동안, 나는 우리 집 식탁에 앉아 또는 병원에서 치즈 샌드위치를 놓고 누가 녹슨 못을 먹으라고 한 것마냥 눈물을 흘리고 있었다. 몇 달 동안 계속. 냉장고 안에 든 음

164

식을 먹어치우고 화장실에 들락거리느라 친구들과의 약속을 취소하거나 일할 기회를 거절한 적이 얼마나 많은지 모른다. 그건 가장 끔찍하고 고독한 풀타임 일자리 같았다.

'회복'은 내가 매우 조심스럽게 다루는 단어이며 이 경우에는 특히 그렇다. 내게 있어 회복이라는 단어는 '병'과 '웰빙'이라는 불필요한 양극화를 일으킨다. 사실 섭식장애를 관리하고 이겨내고 삶을 되찾는 것은 절대 일차원적이지 않으며, 여러 번의 중간기와 회복기를 거치는 복잡한 과정이다. 나는 어느 날 아침 잠에서 깨어나면 모든 것이 행복하고 건강하고 빛나던 정상으로 돌아가는 환상을 늘 가지고 있다. 그렇게 되면 녹차를 마시고 몸에 좋은 그래놀라를 한 줌씩 먹는 것은 생략하고 건강을 위한 나의 여정을 대범하게 이야기할 것이다.

상당히 좌절스럽게도 육체적, 행동학적, 정신적 진행은 동시에 이루어지지 않았다. 그래서 아주 오랜 시간 동안 육체적으로 '건강'해지더라도 행동과 머릿속에서 섭식장애와 관련된 것들이 차지하는 부분은 여전히 광범위했고, 대단히 고통스러웠다. 때로는 나에 대해 매우 건강하고 중요한 깨달음을 얻기도 했지만, 단단히 자리 잡은 강박적인 행동 앞에서 그런 깨달음을 활용하는 것은 여전히 불가능했다. 그리고 실제적인 진전이 일어나기 시작했을 때는 섭식장애가 지배하고 있던 마음에 어마어마한 공허함이 자리 잡았다. 있어야 할 것이 오랫동안 짓눌려 자취를 감췄던 자리에는 도대체 어떻게 채워야 할지 알 수 없는,

날 주눅 들게 하는 구멍이 있었다.

그러니까 내가 하고 싶은 말은 이 모든 회복의 과정이 매우 복잡하고 오래 걸린다는 것이다. 몇 번의 시도와 전쟁, 작고 미묘한 승리(당시에는 즐거움을 만끽하지 못했을지라도)가 계속됐다. 그러니까 그 미묘한 승리는 이런 것들이다. 입천장이 델 것처럼 뜨거운 블랙커피를 마셔야 한다는 생각을 버리고 "염병, 저지방 우유 말고 그냥 우유 넣을 거야."라고 나를 처음 설득한 날. 다시 누구 앞에서 "아니야, 나 별로 배 안 고파."라고 말하며 샐러드를 먹는 대신 처음으로 일반적인 식사를 하고 토하지 않고 잠자리에 들었던 날. 주방 찬장을 열고 그 안에 있는 모든 걸 먹어치우겠다는 의지에 불타올랐지만, 문을 닫고 산책하러 나가 조금 진정된 기분으로 돌아왔던 날. 이 모든 것이 하찮은 것처럼 들리겠지만 섭식장애가 있는 누군가에게는 본인을 수년간 쫓아오던 거대한 괴물을 세워놓고 뒤돌아서 정면으로 불알을 차버리는 것과 같다. 그렇지만 이 순간들이 에피파니(예수공현. '깨달음의 순간'의 뜻으로도 쓴다.-옮긴이)라거나 구체적으로 '이제 나는 회복되었다' 하는 순간이었다고 할 순 없다. 다음에 이런 상황이 왔을 때 잘 대응하지 못할 수도 있고 또 그다음 번에는 일부만 해낼 수도 있기 때문이다. 이런 순간들은 끝이 아니다. 감지하기 어렵지만 중요한 돌파구일 뿐이다. 그리고 천천히(정말로 천천히) 더 많은 돌파구가 열리면 삶의 여지도 더 많이 열릴 것이며, 다시 육체적으로도 감정적으로도 조금 더 보통의 수준으로 균형이 맞춰질 것이다.

내가 처음 진단을 받은 지 8년이 지났고 내 마음은 다시 채워지고 있다. 여전히 문제가 남아 있고 때때로 어려움을 겪지만, 이 모든 것 말고도 내 마음을 채우고 있는 것들이 많다. 섭식 장애를 겪는 내가 경험할 수 없었던 세상이 열렸고, 새롭고 흥미로운 방식으로 내게 다가오고 있다. 기본적으로 나는 이제 샌드위치에 대한 이상한 감정보다는 내 인생에 우선순위를 둘 수 있고 오늘은 일단 그래서 기분이 좋다. 이 정도만이라도 충분하다.

1월의 체중 감소 꿀팁

체중 감소와 관련된
조언을 모두 갖다 버리세요.
그 말도 안 되는 조언이 더
무겁습니다

새로 나온 죄책감프리
음식 좀 드셔보세요

내 사랑 후무스

바늘(나쁘다)

비늘(착하다)

아주 큰 벽돌을 떨어뜨린다

내게는 중요한 일들이 더 많다

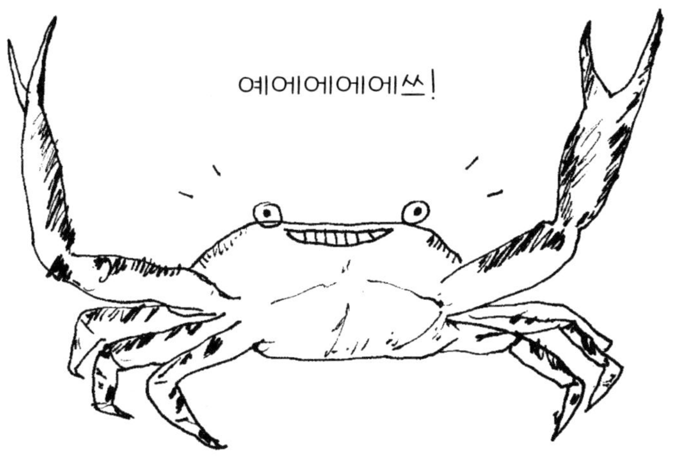
예에에에에쓰!

AH, FACE,
WE MEET AGAIN

아, 얼굴아, 또 만났구나

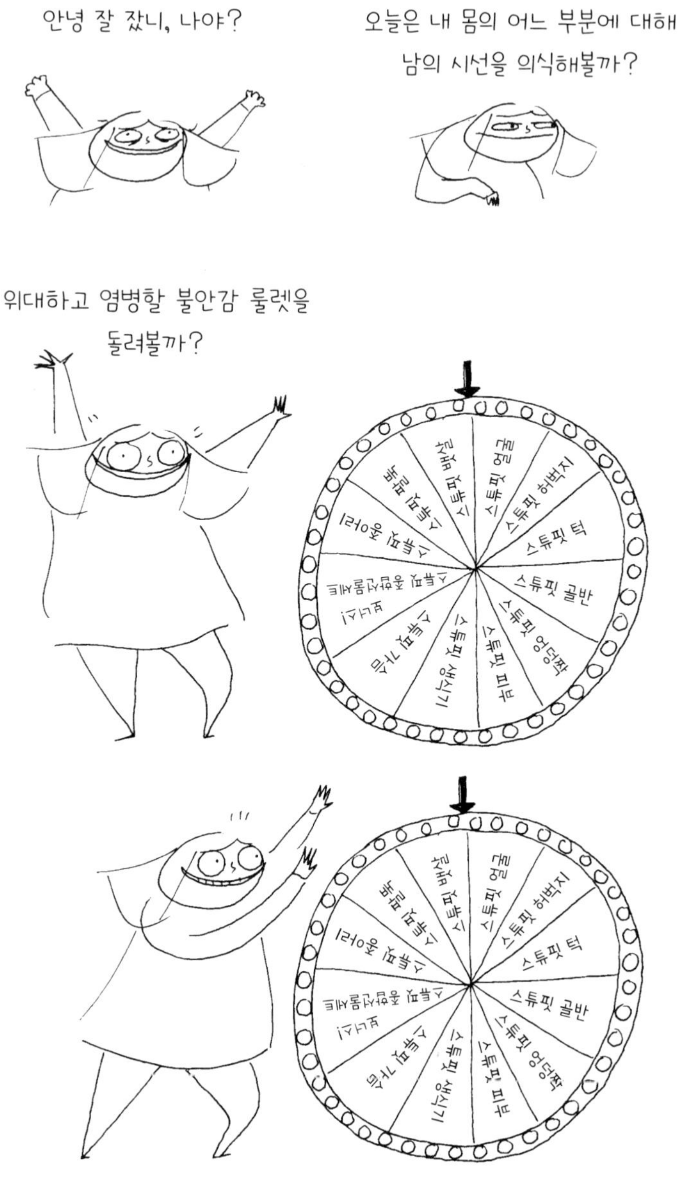

안녕 잘 잤니, 나야?

오늘은 내 몸의 어느 부분에 대해
남의 시선을 의식해볼까?

위대하고 염병할 불안감 룰렛을
돌려볼까?

타타타타타타타타타타타타타타타타타타타

탁!
앗싸!
보너스!
스튜핏 종합선물세트
스튜핏 종아리
스튜핏 팔뚝
스튜핏 뱃살
스튜핏 얼굴
스튜핏 허벅지
스튜핏 턱
스튜핏 다리
스튜핏 엉덩이
스튜핏 피부
스튜핏 생채기
스튜핏 가슴

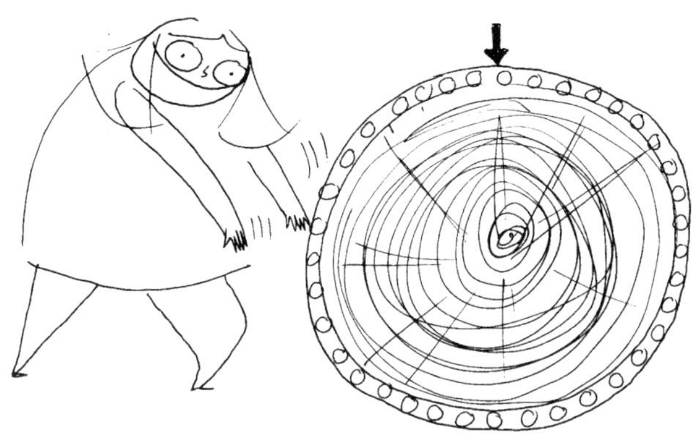

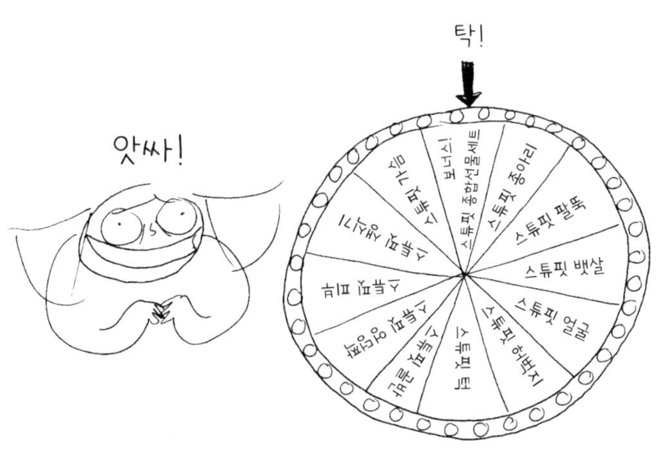

175

너무 짧다　　　　　너무 길다

너무 낀다　　　　　너무 크다

너무 튄다

너무 평범

완벽 패션

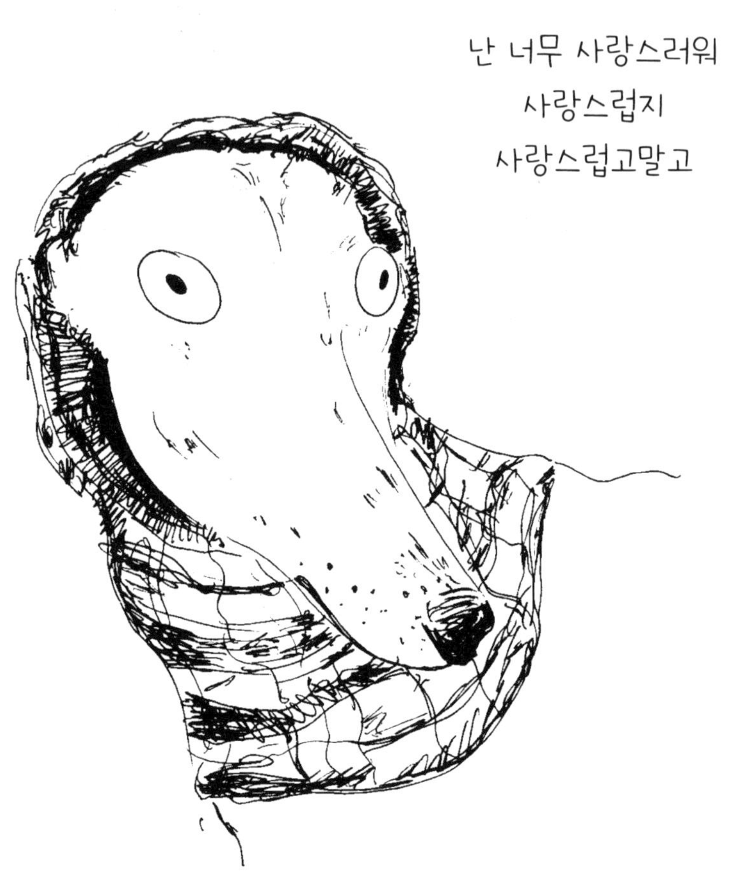

178

풀메

귀요미 가방

젤 좋아하는 향수
칙칙!

파티용 미니크랩

눈으로 쏘는 레이저

화염방사기

집에서 10분 전에 나가야 했고
내 전화는 울리고 있고 화장실에도 가고 싶고
갑자기 몸 여기저기가 가렵고
눈엔 머리카락이 들어간 것 같고…
하하 또 찍혔네

평범함 　　　　　　 우아함

큰 코트를 입을 수 있는
추운 날을 좋아한다.
주머니도 커서 펜과
감자칩 그리고 원한다면
큰 돌도 넣을 수 있을 거다.
코트 안의 내 모습이
어떤지는 아무도 알 수 없다.
나는 내가
늘 꿈꿔온 거대하고
무서운 어둠의 주머니다

신체 이미지에 대한
강력한 불만을 경험 중

자신감에 대한 강력한
불만을 경험 중

강력한 포즈에 대한
강력한 불만을 경험 중

부츠

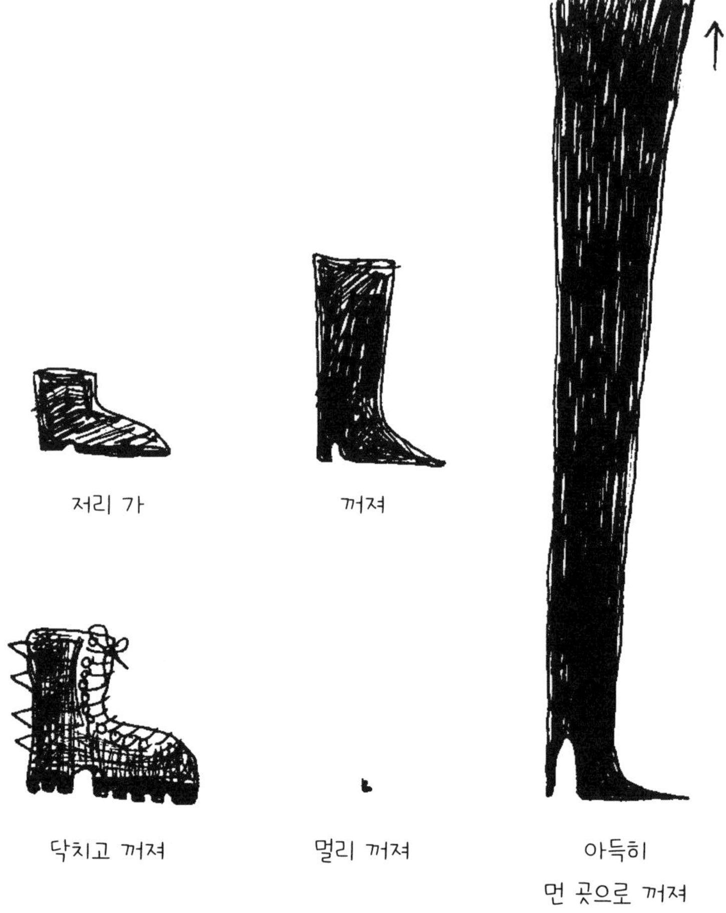

남들이 하는 성실한 피부 관리

매일 물 28리터 마시기

(반드시 천연암반수＋글루텐프리)

다양한 클렌저, 토너,
버퍼, 스크럽,
페이스 마스크 사용.
전 제품
안티에이징, 항산화,
소비 촉진, 유니콘 정액 함유

내가 하는 피부 관리

뭐가 들었는지
잘 모르겠는
얼굴용 제품 하나.
그래도 좋다

아! 천사 같아!

"

브래지어 쇼핑

'궁극의 멘붕 활동'으로도 알려져 있음

염병하게 이상하다

그러니까 모두 훌륭하지만, 정말 이게 다 뭐죠?

가슴은 그저 자유롭게
배회하고 싶다!

그렇지만 실질적인 이유로
(그러니까 기어가는 것보다 빨리 걸을 때마다
매번 가슴이 날아올라 얼굴을 때리기 때문에)
가슴을 끈 달린 감옥에 쑤셔 넣어야 한다

가슴 피난처는 고대의 사실상 해독 불가능한 글자와
숫자를 조합한 코드에 따라 다양하고 불가해한
사이즈로 판매된다. 이제 옷걸이를 샅샅이 뒤지며
나지막이 욕을 시작할 때가 왔다

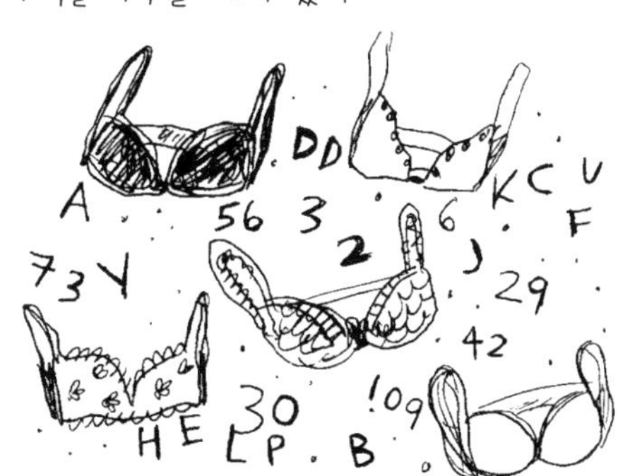

브래지어 한 더미 옆구리에 끼고 피팅룸으로
어기적어기적 걸어간다. 피팅룸을 찾는 건
어렵지 않다. 땀 냄새와 울분 그리고
한숨 소리가 이어지는 방향으로 이동하면 됨

개별 커튼이 달린 지옥 상자에 힘겹게
들어서면 그때부터가 시작

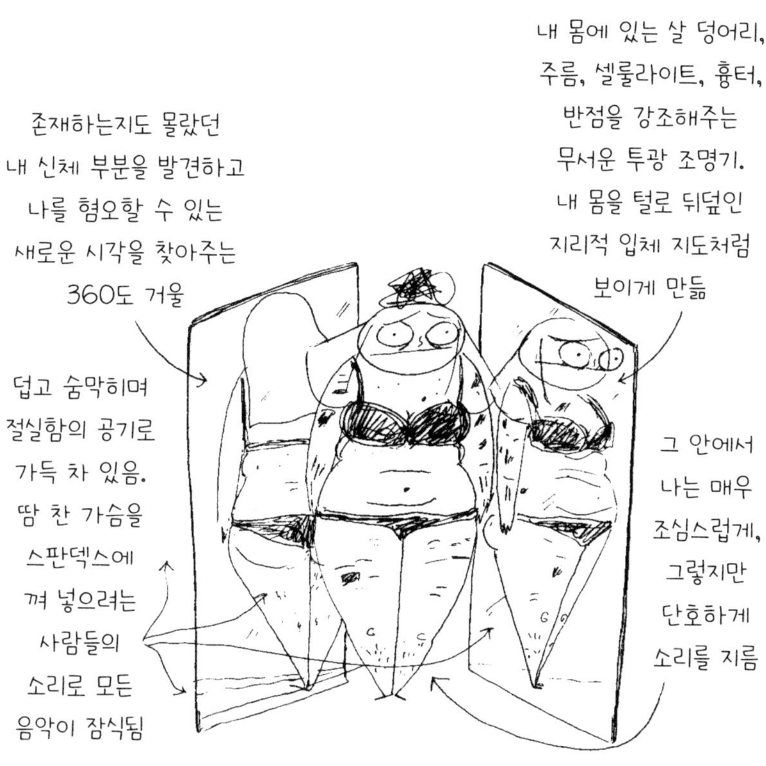

그리고 이 모든 일은 염병할 브라자를
입어보기도 전에 일어남

브라를 고르는 데 마음에 안 드는 것이 대략 8693개. 그중 일부는 다음과 같다

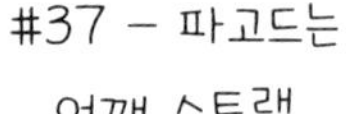

#37 – 파고드는
어깨 스트랩

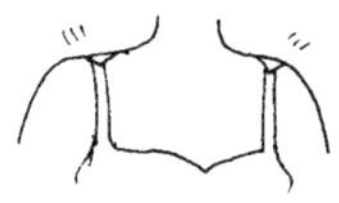

#4462 – 예쁨.
가격이 소형
요트와 맞먹음

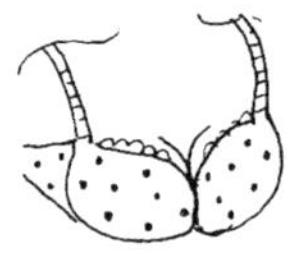

#602 – 이상하고
기우뚱한 가슴골과
공포의 네 쪽 가슴

#3 – 가슴 사이즈가
다 안 맞음

#10 – 컵
사이즈 너무 헐렁함.
레몬 두 개나 트윅스도
들어가겠음

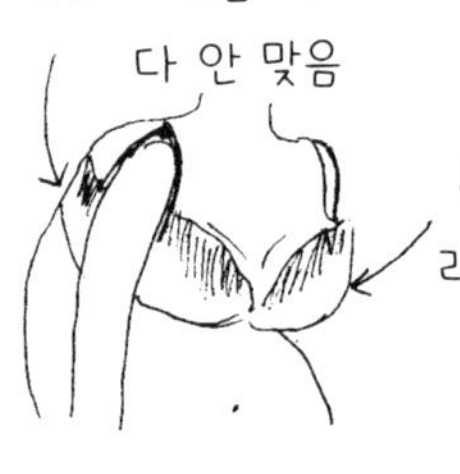

#80 – 이런 거
너무 과함

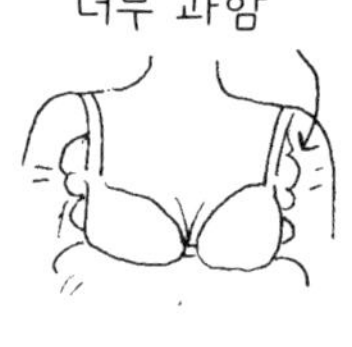

#551 – 다양하게
멜 수 있는 끈이 정체성을
잃어버림

#81 – 이젠 이 부분이
조금 모자람

1930년대 영화의
사감 역을 맡아도 될 것
같은 내 가슴

망할 브라자를 20분 동안
입었다 벗었다 반복했으니 절망한 채로
바닥에 주저앉아 눈물 좀 흘릴게

멘붕 완료

너 너무 싫어 넌 틀렸어
너 너무 싫다고

반사되는 표면이 없는 섬.
그 섬에 가고 싶다

거울도, 반짝이는 유리도,
창문도 없는 그곳

그곳에는
숟가락도 없겠지

그곳에선 모두가 수프도 포크로
떠 먹고 자신의 육체적 형태는
무시하겠지. 그럼 좋겠네

나는 내 겉모습을 혐오하는, 사랑이라고는 없는 연애 사건에 휘말려 있다. 내 몸은 그저 내가 살고, 걸어다니고, 이따금 물이나 잼, 항우울제 같은 것을 먹이는 곳이어야 한다. 하지만 지난 몇 년간 내 몸은 불안과 두려움의 거대하고 만연한 원천이 되어버렸다.

오해는 마시라. 나도 한번 시작하면 몇 시간 동안 거울 앞에서 내 겉모습에서 마음에 안 드는 모든 것에 대해 포괄적이고 비판적인 마음의 목록을 만들 수 있고, 나를 제일 덜 감자처럼 보이게 만드는 옷을 찾을 때까지 최소 여덟 벌의 다른 옷을 갈아입을 수도 있다. 내 시간을 즐겁게 보내는 방식이기도 하다. 하지만 만성적으로 기형적인 내 견해, 섭식장애가 내 자아상에 미친 연쇄 효과는 차치하더라도 도대체 자신에 대해 어떤 감정을 가져야 하는지의 문제는 염병하게 어렵다.

그렇다. 다이어트 및 뷰티 산업이 우리 중심에 던져놓은 건강하지 않은, 악영향을 주는 이상(ideal)이라는 급류에서 예외적인 성별은 없다. 이런 끔찍한 영향은 그런 점에서 매우 포괄적이다. 그렇지만 여성으로서 내가 경험하는 것은 이런 식이다. 일단 우리는 너무 뚱뚱하다고, 몸매가 이상하다고 교활하게, 지속적으로 창피를 당한다. 이 둘은 (잘못된) 사회에 의해 게으름이나 가치 없음과 동일시된다. 안타깝게도 나는 '여성 혐오'라는 단어를 알기 전에 팔뚝에 덜렁거리는 '날개살'을 먼저 배웠다. 이 정도면 말 다 했다고 생각한다. 또 반대로 '있는 그대로의 자

기 자신을 사랑하고 내 몸에 대해 편하게 생각할 수 있어야 한
다'와 '올바르게 존재하려면 자기 몸과 극적으로 조화롭게 건강
한 관계를 맺어야 한다'라는 다소 새로운 이상이 존재한다. 우리
는 다이어트를 하고 동시에 탐닉할 것을 강요받는다. **혹시나** 우
리가 '아름답다'라고 하는 범위에 들어가려면 뚱뚱해서는 안 되
지만 '볼륨 있는 몸매'나 '육감적인 몸매'를 가지는 것은 괜찮다.
(뭐래 정말) 사람들은 본인의 겉모습에 만족해도 되지만 그렇게
하려면 코딱지처럼 푸른 스무디에 건강한 프로틴 파우더 좀 뿌
려주는 사진에 '30km 요가-조깅 하고 와야지'라는 캡션을 단
사진을 인스타그램에 먼저 올려야 한다. 내 몸에 대해서 어떻게
느껴야 하는지 방향을 찾아가는 것은 15미터 상공에 매달린 매
우 좁은 밧줄 위를 걷는 것과 비슷하다. 절대 제대로 할 수 없다.

　　　자신이 한 어떤 행동이나 경험, "넌 끔찍해."라고 말하
는 친구 등과 같이 사람들은 각기 다른 곳에서 자존감을 빼앗긴
다. 어릴 적부터 다분히 그리고 나이가 들면서 더 확신 있게 내
뇌는 내 육체를 내가 사람으로서 가질 수 있는 가치를 측정하
는 도구로 사용해왔다. 모든 것은 흑백논리에 빠지고 매우 양극
화되었다. 내 모습이 '괜찮다'고 생각될 때(내가 '괜찮다'라고 할
때 그것이 어떤 의미인지 100페이지 분량의 사진을 보여주며 설명
할 수도 있는데 재미없겠지) 나는 좋은 사람이었다. 나 자신에게
자신감 한 줄기 정도, 그러니까 적어도 옷을 입고 밖에 나가 다
른 사람들 사이에 존재할 수 있는 정도는 허락할 수 있었다. 내

내가 가진 옷은
모두 한 가지 색인데
딱 어울리는
까만색 옷을
찾고 있는 나

가 통제권을 가지고 있었다. 그렇지만 내가 내 모습을 보고 무언가 '잘못된' 것을 발견하거나 내 모습이 마음에 들지 않을 때 나는 나쁜 사람이었다. 나쁜 사람이란 '끔찍하고 어설프고 위험한 바보 천치', '끔찍한'은 그냥 끔찍한이 아니라 '세상에서 **가장** 끔찍한'을 줄여서 말한 것이다. 그럴 때 나는 일어나지도 못했다. 약속은 취소했고 통제 불능이 되었다. 기분이 안 좋은 게 아니라 내가 안 좋아졌다.

내가 내린 결정 또는 취한 행동 하나하나는 그날 내가 나에 대해 어떻게 생각했는지에 달려 있었고(그리고 그건 전적으로 예측 불가능했다), 그건 정말 끔찍한 일이었다. 내 자존감을 내 신체적 외모로부터 해방시키는 것은 장기 프로젝트다. 그래도 이런 결론에 도달하기는 했다.

- **사람들은 내 생김새에 대해 1도 관심이 없으며 본인들 일에 신경 쓰느라 바쁘다** — 내 외모에 대해 나만큼 예민하게 알고 있거나 나만큼 비판적인 사람은 한 명도 없다. 버스에 탄 저 사람은 아마도 '지금 문자를 보내면 너무 간절해 보이려나' 고민 중이거나 입에 토스트 부스러기를 묻히고 회의에 늦게 도착했을 때 질책받을 것을 걱정하고 있을 것이다. 아니면 엔야가 부른 「오리노코 플로」가 아침부터 머릿속에 박혀 안 떠난다거니 본인들의 육체적 불안에 사로잡혀 있을 수도 있다. 내가 알 길은 없다. 내가 아는 건, 내가 버스 안에서

옷을 찢어버리고 뛰어다니지 않는 한 사람들은 아마도 몇 초 이상 지나면 나를 의식하지 않을 거란 것. 그리고 사람들이 내 굵은 허벅지나 얼굴 생김새 때문에 감정이 상하는 일은 절대로 없을 거란 것. 그럴 거라는 생각이야말로 말도 안 되는 생각 아닌가. 나는 피해망상이 오려고 하면 이 사실을 기억하려 한다.

• **내가 조금 덜 들여다보면 나는 더 많은 걸 보게 될 것이다**
— 내 몸에 집착하고 '괜찮아' 보이는 데 과도한 시간과 정신적 에너지를 소모하는 일은(그리고 이것은 종종 건강하지 않은 수단을 동반한다) 내 세상을 축소시켰다. 엄청 슬픈 일이다. 내가 절대 가질 수 없는 이상을 쫓는 데 질려버린 순간이 왔을 때 나는 거울 앞에서 나를 밀어버리고 몸을 확인하는 일을 멈추고 나 이외의 다른 것을 잠시라도 보려고 했다. 물론 이렇게 생각을 바꾸는 일은 스위치를 켜듯 한 번에 탁 이루어지지 않는다. 나는 여전히 내 얼굴이 맘에 들지 않으면 때에 따라 약속을 취소하고 청바지를 만드는 악마 같은 브랜드 때문에 피팅룸 바닥에 주저앉아 울기도 하지만 이제는 그럴더라도 내 할 일을 한다. 불안감에 의지하지 않고 내 일을 하면 할수록 내 인생의 경험이 내 신체에 달려 있지 않다는 자신감을 얻게 되고 이것은 긍정적인 피드백의 순환이라 할 수 있다.

그러니 내 몸이여 잘 들어라. 나는 너를 대단히 사랑하지
는 않지만 너를 너로 인정한다

몸이 변할 때 명심할 것
(왜냐하면 몸은 변하니까)

맞지 않는 오래된 옷을
가지고 있지 말자

알몸으로 거울 앞에
설 필요는 정말 없다

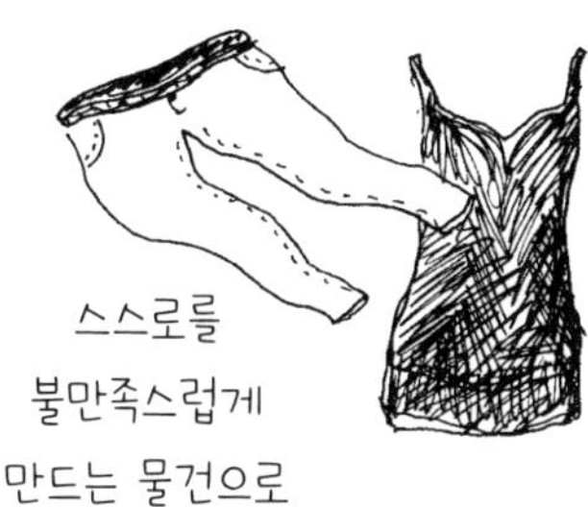

스스로를
불만족스럽게
만드는 물건으로
사용될 테니까

당신은 액체이고 굽혀지고 당신 것이다!

여러분 내 가방 좀 보세요.
이게 **스테이트먼트 피스**인데요,
저도 무슨 뜻인지 모르지만
일단 보고 가세요

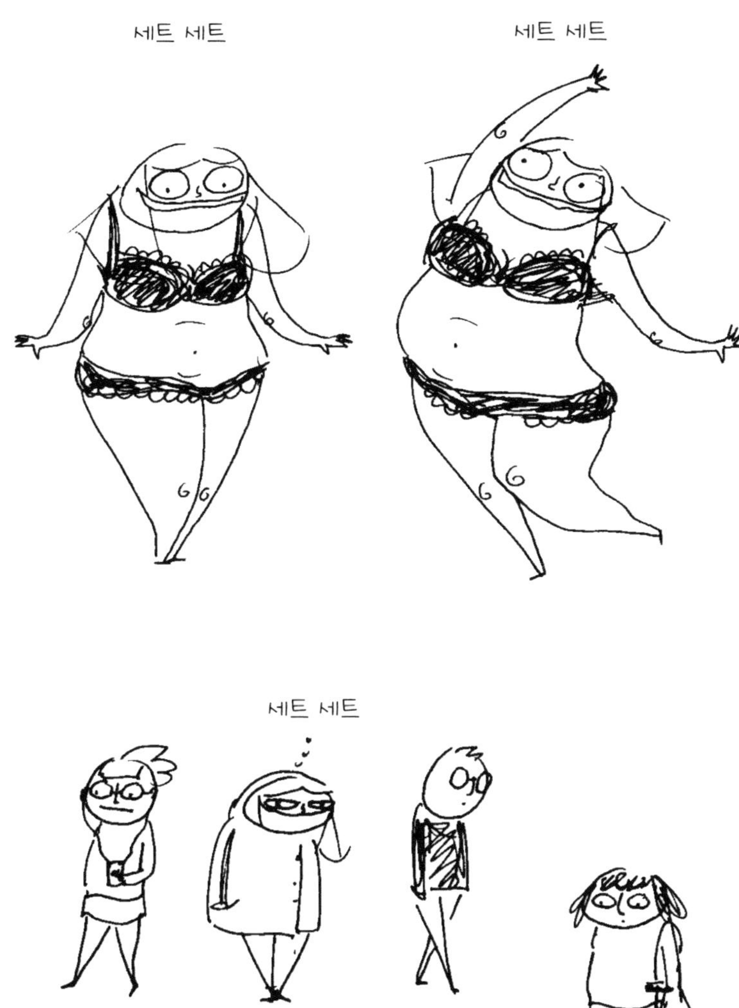
세트 세트
세트 세트
세트 세트

난 털 난 다리가 좋다

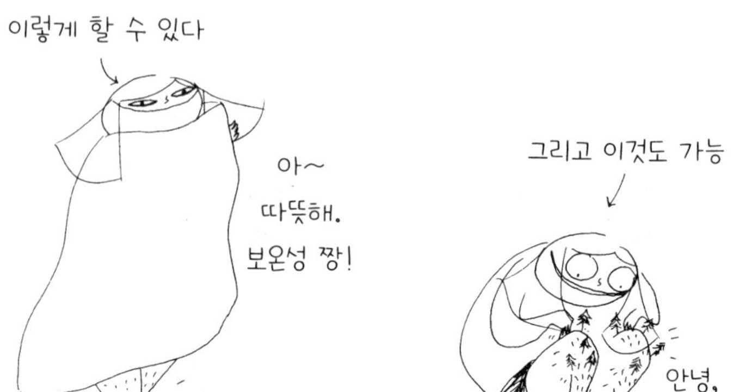

꼭 가서 털을 깎고 왁스로 확 잡아 뽑고 녹여버리고 할 필요가 있다고 느껴서는 아니지만 절대 그건 아니지만 가끔은 매끄러운 다리가 좋을 때가 있다. 그러면 나도 유선형이 될 수 있으니까

그리고 종아리에 자동차도 굴릴 수 있다

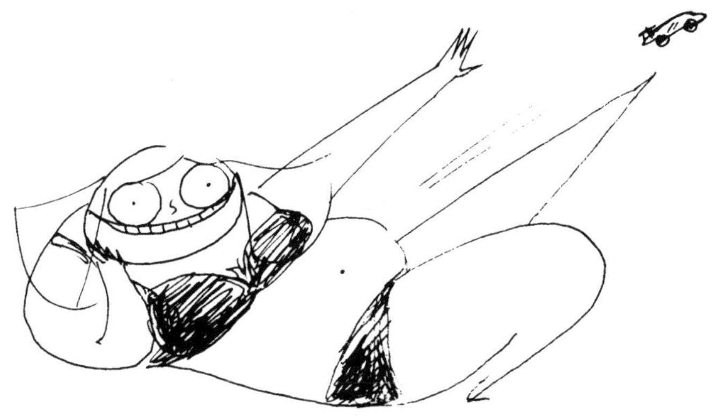

셀카를 왜 찍어?
너 관종 아냐?

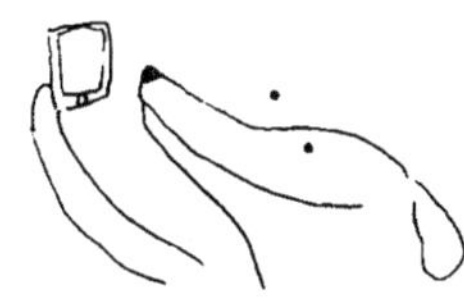

얘, 물어오기 게임 할래?

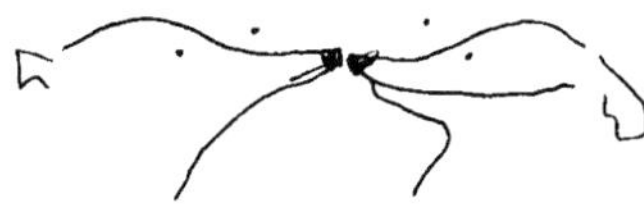

왜냐하면 내 생각에

나뭇가지를

네 똥꼬에 꽂으면 딱 좋겠어

자 봐요 점퍼로 이렇게 하는 거. 기억하겠지만
어렸을 때 엄마가 하지 말라고 했던 거요. 그렇지만
이제 난 성인이고 내 점퍼에 대해 전적인 책임을
지고 있기 때문에 내가 원하는 건 다 할 수 있죠

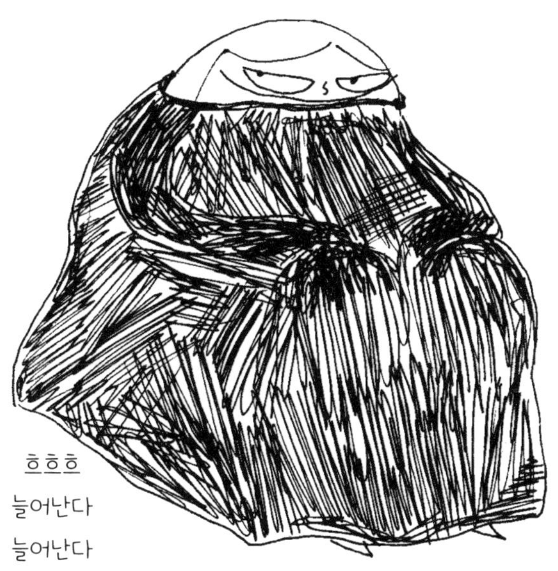

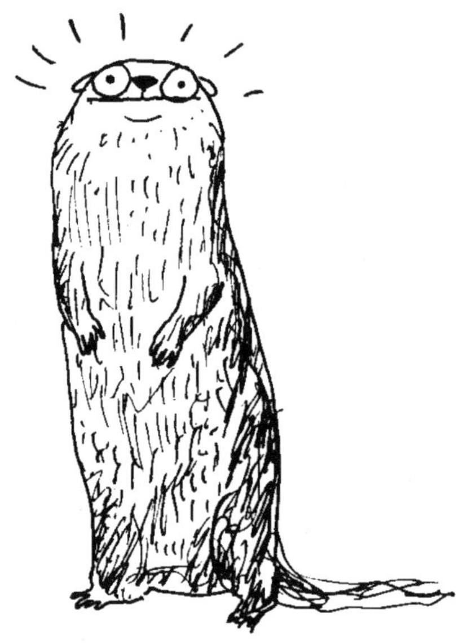

206

I'M AN ADULT

I'M A GROAN UP

저는 어른이입니다

할 수 있다
할 수 있다

콰콰
콰

할 수 있다 할 수 있다
할 수 있다 할 수 있다
콰콰콰
콰콰콰

할 수 있다 할 수 있다
할 수 할 수…
콰콰콰콰
콰콰콰
염병 염병 염병 염병 염병
콰콰콰콰

모든 사람이 할 일을 미룬다. 안 그럴 수가 있나. 요즘은 스냅파그램, 트위블러, 페이스플레, 스크롤라톤 같은 SNS를 적어도 11분마다 한 번씩 확인해줘야 하니까. (나이 든 사람 같다고요? 아니요, 저 나이 안 먹었고요, 어린이들의 친구입니다!) 그렇지만 이런 게 어제오늘 일도 아니다. 돌에서 발견한 무슨무슨사우루스 화석을 봐도 입 크게 벌리고 당황한 채 사지를 쩍 벌리고 누워 있는데 이는 우연이 아니다. 틀림없이 운석과 충돌하기 전에 그 작은 공룡이 제 손으로 편지 봉투를 열었는데 그 안에 전화비 고지서가 들어 있었을 거다. 그래서 쥐라기 공원 바닥에 얼굴을 묻고 "나 모모 모 못모모모모모모못 하하하하하겠어. 몰라 염병 그냥 돌이나 정리하고 나뭇잎이나 스크롤다운 해야겠어."라고 꽥! 하며 소리를 질렀을 거다.

나에게 있어 할 일을 미룬다는 건 대체로 불안과 연관되어 있다. 늘 그런 건 아니다. 가끔은 그냥 조금 피곤하고 지긋지긋할 때도 있다. (물론 그럴 수 있다.) 하지만 할 일을 미루는 것과 할 일을 엄청나게 말아먹을 것 같다는 두려움에 어떤 일도 시작하지 못하는 것은 별개다. 그렇다고 대단히 도전적인 일을 말하는 것도 아니고 기본 서류 작성, 일 관련 이메일, 단순한 통화 같은 일을 말하는 것이다. 내 뇌도 객관적으로는 이런 일들이 대단하지 않고 그리 오래 걸리지 않는다는 걸 안다. 하지만 이런 일들을 해야 하는 상황이 오면 내 뇌는 이 일들을 몸집 5.5미터에 키 10미터, 짧고 단단한 팔꿈치와 무지무지 큰 이빨을 가진

걱정 괴물로 만들어버리자 작심한다. 그렇게 되면 논리적으로 내가 할 수 있는 일은 단 하나, 침대 밑 바닥에 얼굴을 묻고 "나 모모모모모못하하하하하겠어. 몰라 염병 그냥 엄지손가락이나 열일 시켜 공허함으로 빠져야겠어!"라고 외치는 것뿐이다.

이것은 평범한 단층적 불안이 아닐 뿐더러 심지어 아무 것도 못 할 것 같은 상태의 영향은 그 생각을 중심으로 하는 또 한 층의 걱정을 낳는다. '대단해. 일단 난 못 할 거고, 그러면 사람들이 내가 그걸 안 했다는 걸 알게 될 거고, 그러면 날 게으르고 쓸모없는 인간 취급할 거야.' 그러면 결과적으로 가장 두껍고 진창으로 된 세 번째 층으로 가게 되어 있는데, 이 세 번째 층으로 말하자면 "뭐 그래 어쩌면 나는 게으르고 쓸모없는 인간일 거야. 다른 사람들은 디 잘나가는데 나는 여기 박혀서 이까짓 것도 못 하고. 동굴에 들어가 살아야겠어!" 하고 외치게 만드는 층이다. 비난과 자기혐오로 가득 찬 이 단층은 내가 가진 근본적인 불안을 더욱 공고히 하고 애초에 해야 했던 일을 마무리하는 걸 거의 불가능하게 만든다.

　나는 그저 생각이 대단히 많은 사람이지만, 나도 할 수 있다는 사실을 잊은 채 스스로를 터무니없고 무익한 바보 천치라고 생각해버린다. 그런 나 자신을 마주하는 건 대단히 끔찍하고 외로운 일이다. 그리고 다른 모든 것이 그런 것처럼 현재 일어나고 있는 일에 대해 깨달음을 얻는 것, 긍정적으로 받아들일 수 있도록 그 깨달음을 신뢰하는 것은 힘든 싸움이다.

　다행인 건 내가 어느 정도의 진전을 이루고 있다는 것이다. 이제 일을 할 수 있고, 엄청 신랄한 응징의 목소리가 들릴 때면 꺼지라고 소리치고 불안을 해소해나갈 수 있다(적어도 그러려고 노력한다). 일을 미루기 좋아하는 것과 회피하는 것은 내가 게으르거나 쓸모없는 인간이라서가 아니라 압도적인 두려움과 바닥을 기는 자존감의 결과라는 사실을 믿고 이를 강화해나가는 데 오랜 시간이 걸렸다. 두려움이나 낮은 자존감은 무시하거나 부정해서는 안 되며 그것을 이해하고 넘어서기 위해서는 그 존재를 인정하고 어느 정도의 공간을 마련해주어야 한다. 여러 층의 두려움이 분리되고 합리화되기 시작하면 나도 전화를 내려놓고, 아연의 역사가 궁금해 노트북에 열어놓은 위키피디아 창 다섯 개쯤을 닫고 내가 해야 할 일을 끝내기가 훨씬 수월해질 것이다.

예술가의 워밍업

눈을 뜬다

잠시 영감을 달라고
신께 기도드린다

예술을 만들어내는 금손을
스트레칭한다

(낄낄. 신이 어디 있냐)

최소 6리터의
카페인에 몸을 담근다

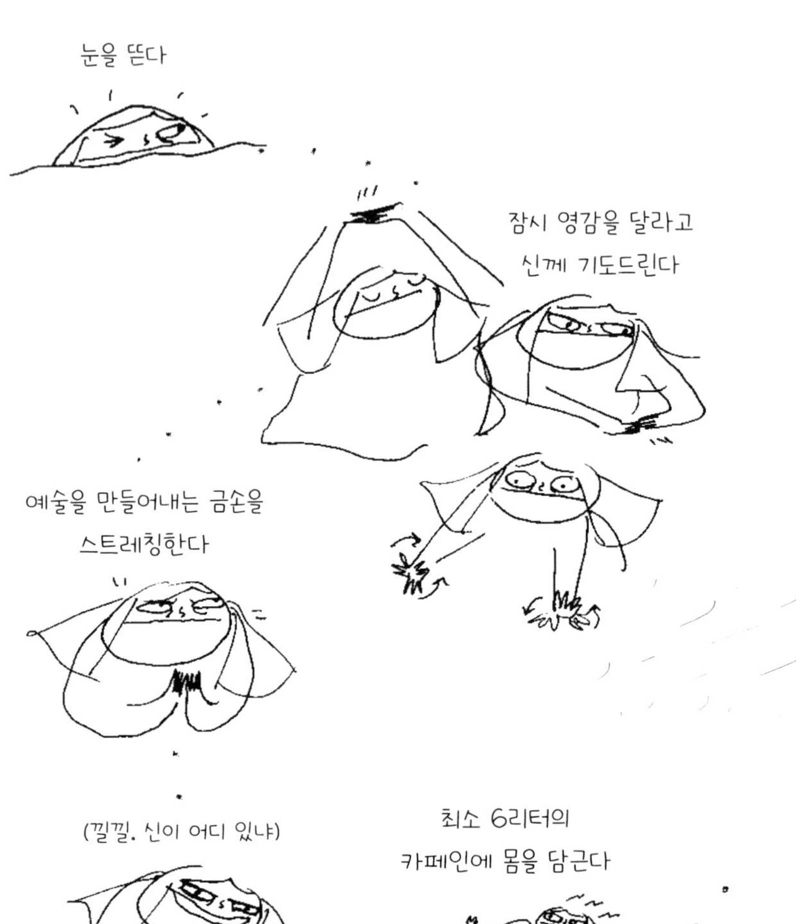

깨끗하게 잘 정돈된, 바로 찍어서 인스타그램에
올릴 수 있는 책상에 앉아 시작할 준비를 한다

일할 공간은 6제곱센티미터밖에 안 됨

그러나 우선! 친구들의 멋진 작품을
보고 영감을 받을 수 있도록(질투가 나도록)
모든 소셜미디어를 확인한다

자, 이제 그림 그릴 시간!
내가 왜 이 그림을 그리는지 나의 예술에
어떤 가치가 있는지에 대해 자문하는 것을
잊지 말 것. 얼마나 재미있는 일이야~
마음에 쏙 들 거야~

*여덟 시간 소요

커피와 답하지 않은 이메일과
빨래 담배 라면의 쓰나미

받은메일함
(1894)

나는 그저 아름다운
나비가 되고 싶어

아냐. 확실히 아니야.
어른의 삶이란 어마어마한
책임감과 빨래뿐이야.
그러니 꺼져

노관심

216

어른이 되면 다 괜찮아질 거야. 자신감도 얻을 거고 내가 하는 모든 것에 대해 잘 알게 될 거고 적어도 감자 따위는 아닐 거야

언제가 어른인데? 너 스물두 살이야

아~~~~ 그랬나?

나 저기 벽 쪽에 가서 소리 좀 지르고 올게, 기다려줄래?

상관없어
거기 벽이 어딨는데…

아아아아아아악

운동은 좀 하니?

응…

지금까지는 숨쉬기
운동하고

공격적으로
치즈 먹기랑

그리고 이런 거랑

생각 중 생각 중
이거랑 저거랑 그리고
아 토스트도

젠장 또 무슨 생각
중이었는지 까먹었네

음… 뭐 딱히 무슨
생각이랄 것도 없고

아마도 재밌어 보이는 리모컨으로
조정하는 헬리콥터 같은데,
실제로는 재난 은신처 위를 떠도는
통제 불가능한…

나의 사고 패턴
슈우우우웅
나하하하하하
아하하하하하아아악
뭘일이지?
슈우우욱
철푸덕

오늘이 무슨 요일이지?

내가 울다가 전화기를 봤거든. 그래서 몇 시인 줄 알아. 잠깐만

한 달 전에 한 번 화요일인 적인 있었잖아

화요일을 다섯 번 더한 뒤에 뭘 빼냐면

자 봐봐

이제 내가 무슨 요일인 줄도 알아야 하는 거야? 격노할 일이군

?! *!!?#. 요일 ?!!? *#@!;!?

아 시간 감각 뛰어난 사람들이 쓰는 그런 묘사

하하!

세상에 너무 지치네

아니오

난 아침에 바지도 간신히 입었다고

가능성

라라라라라라라

내 샌드위치 어디 갔지?

주말인가? 사람들이 SNS에 술 들고 완전 신나게 놀고 있는 것처럼 찍어 올린 사진이 대거 올라오고 있는지 확인해봐야겠네

아니야 그거 아니야 그럴 시간 없어 지금

요일 순서를 떠올리려면 「Friday I'm in love」를 불러야겠군

젠장! 이 사람 아직 여기 서 있네. 그냥 찍어야겠다. 아니 어차피 일곱 개 중 하나일 거 아냐

무슨 요일인지 기억하느라 스트레스 받지 말고. 아니 그러니까 정말로

비즈 달린 커튼을 입고 라즈베리나 먹으며 떠돌자

흠…이거 애초에 누구 생각이었지?

오케이

고마워요, 로버트 스미스의 머리칼

고마워요, 로버트 스미스

사월!

염병

낮잠은 완벽하거나…

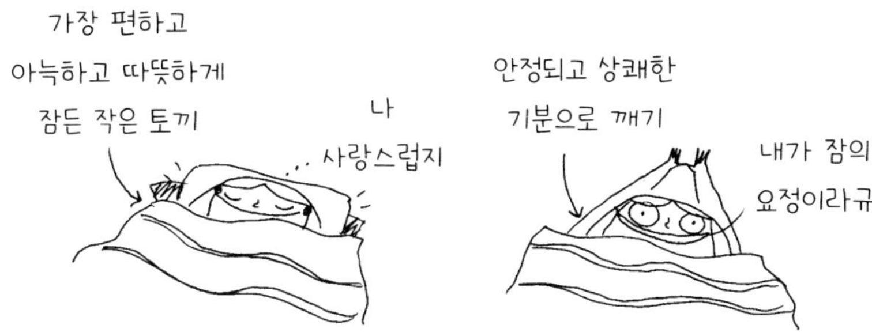

…또는 전례 없는 끔찍한 재난 상황이거나

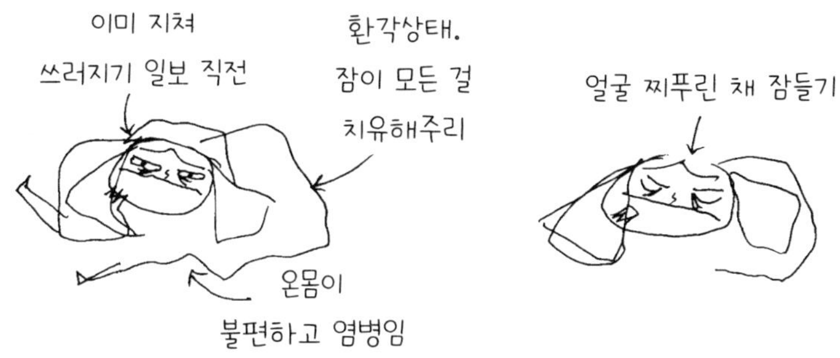

중간은 없다

그럼 곧 생일이네!
뭐 갖고 싶은 거 있어?

별로. 지난 12개월 동안
별로 한 것도 없이 보냈다는 걸
보여주면서 시간이 흘렀다는
사실을 상기시키진 말아줘.
그리고 물론 어쩔 수 없이 난
어두운 방에서 술잔을 잡고
울면서 나 자신을 외면하며
보내겠지만 지난 6000번의
생일보다 덜 끔찍하려면

음

기프티콘
어때?

한숨

그래 그게
좋겠네

인스턴트 커피

지연된 커피

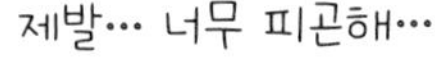

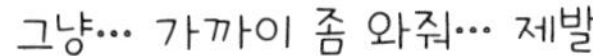

"어떤 걸로 하시겠어요?"

절제하며

"아니에요 괜찮아요"

(안습)

슬픈 만큼 슬프지만

세련되게

휴일이 다 뭐냐

안 좋은 거 전부요

(안습)

하하 슬프지만 이거 다 내가
내는 거 아니니까 이름이 뭐든
간에 열스무 잔 주세요.
여기 보세요. 이 작은
싸구려 장식 우산에 내 눈물
받는 것 좀 보세요

너무 슬퍼서 얼굴
안 달아오르면
좋겠네요. 네 감사요

그래!
더 이상 안 되겠어

오늘은 일찍 자야겠어

그게 나한테 좋으니까

그래. 내일 일찍 일어나서
완전 생산적으로 일하고
조깅도 하고 샤워하면서
오트밀도 먹을 거야.
제대로 된 사람처럼

여러부운!
제 말 좀 들어보세요오!
저 오늘 일찍 잡니다!

지금 새벽
한 시 반이야

나 잡아봐라~
하루
힘없이 잡는 동작
얼른얼른
하루
?
하루

수줍음표 딱풀로 바닥에 붙여버린
내 시선으로 본 것들

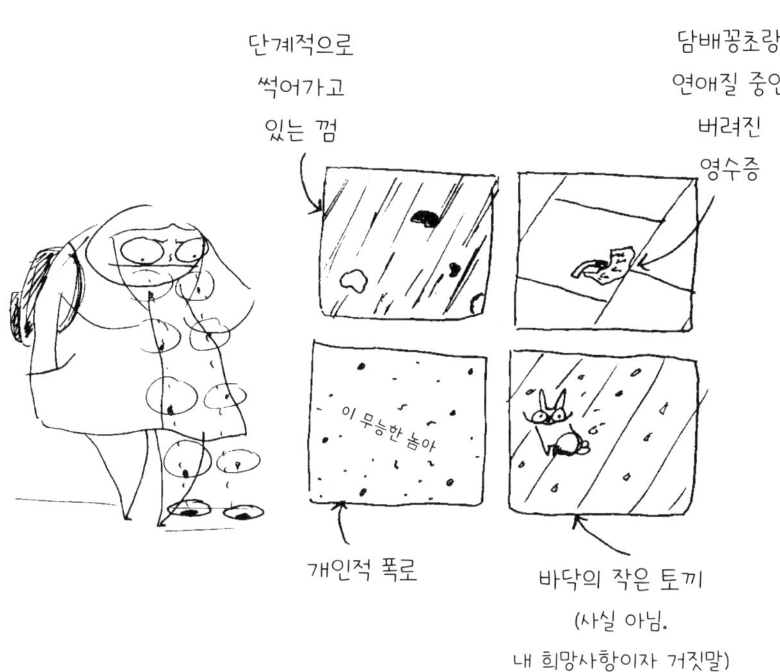

가끔은 밖에 나가면

그러다 갑자기!

나도 모르는 사이에 미친 듯이
허우적거리며 주머니를 뒤진다

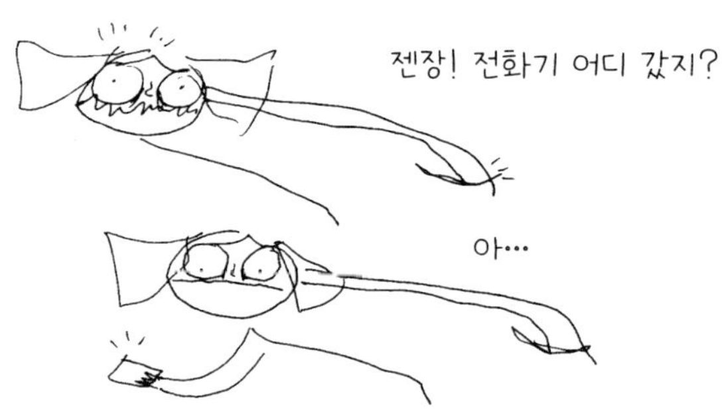

나는 걸어다니는 패닉 주머니다

규칙

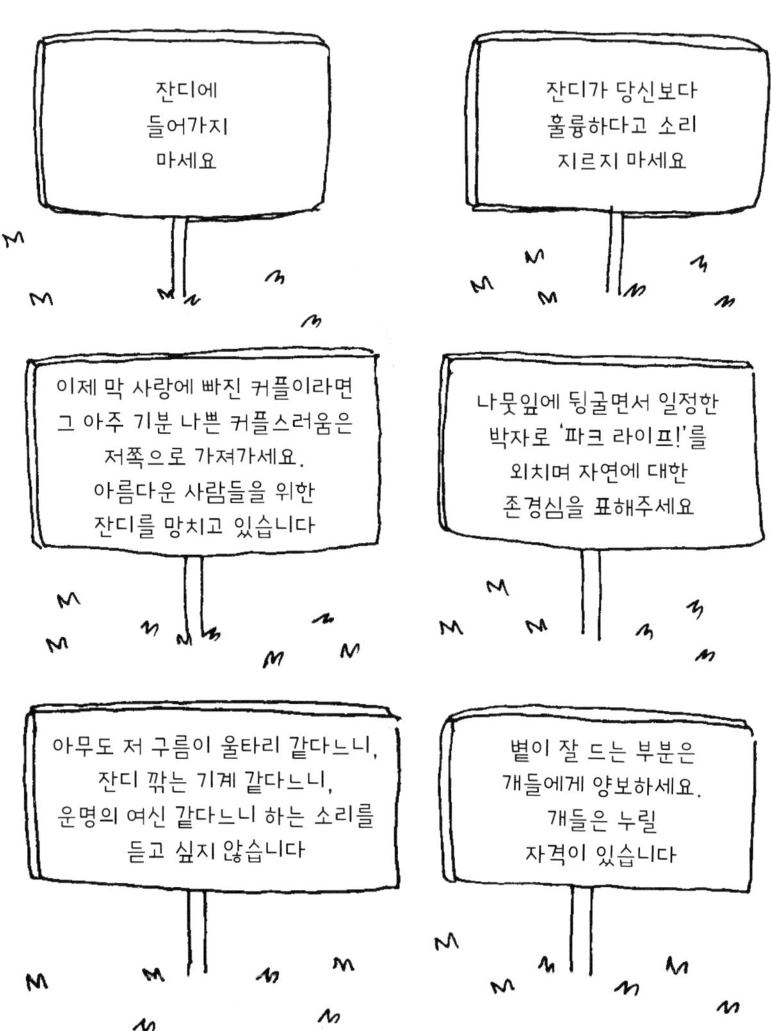

잔디에
들어가지
마세요

잔디가 당신보다
훌륭하다고 소리
지르지 마세요

이제 막 사랑에 빠진 커플이라면
그 아주 기분 나쁜 커플스러움은
저쪽으로 가져가세요.
아름다운 사람들을 위한
잔디를 망치고 있습니다

나뭇잎에 뒹굴면서 일정한
박자로 '파크 라이프!'를
외치며 자연에 대한
존경심을 표해주세요

아무도 저 구름이 울타리 같다느니,
잔디 깎는 기계 같다느니,
운명의 여신 같다느니 하는 소리를
듣고 싶지 않습니다

볕이 잘 드는 부분은
개들에게 양보하세요.
개들은 누릴
자격이 있습니다

남극에 사는 펭귄들은 무리로 옹송그리고 모여
열을 보존하고 강렬한 바람을 피합니다

도시에 사는 사람들은 비가 새는 버스 정거장
아래 펭귄들처럼 무리 지어 있지만,
사람들은 화나 있고 서로를 싫어합니다

나 요즘

AA학원에서 　　아 그래? 　　음…

운전하는 거 배워 　　잘돼가? 　　뭐…

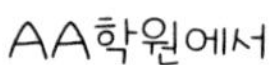

큰 배터리를

평행 주차 하는 건 좀

어렵긴 한데… 　　　　　　　　　　　　뭐래니…

부우우우우웅
루비전지
+

삶에 큰 변화가 일어날 때
자신감을 잃지 않는 법

매우 중요하고 복잡한 것들을
해결해야 할 거예요. 그러니까
바로 해치우는 게 중요합니다

그 대신에!

책임은 무시하고 30분에
걸쳐 작은 장식들을 선반에
하나하나 정리하고 이와 비슷한
생산적이지 않고 의미 없는 일을
하세요. 그래야 아무것도 하지
않으면서 당신 삶의 미세한
부분을 통제할 수 있어요

그런 다음 카페인을
많이 마셔 눈에 감각이
없게 하세요.
다 괜찮을 겁니다

있지, 이 세상에서 아무나
만날 수 있다면 누굴 만나고 싶어?

음… 내 이 바보 같은 인생에서
나의 기대치를 한 번이라도
만날 수 있다면

아, 매력적인
사람이라고.
그럼 좋겠네
뭐, 뭐라고?

긴장 풀린 상태   괜찮은 상태   과하게 풀린 상태

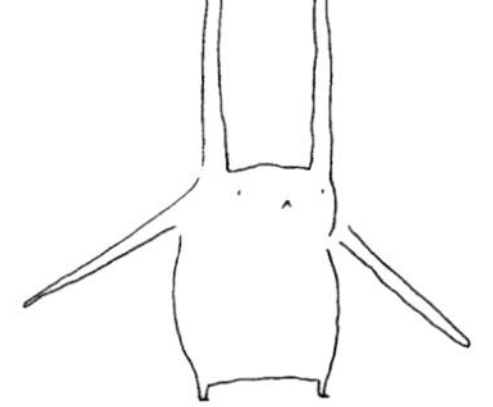 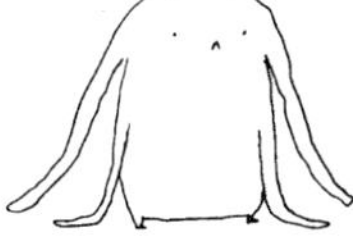 

WE'RE
ALL
ABSOLUTELY
FINE

우린 다 괜찮을 겁니다

사람들을 만나는 건 즐거운 일이지만 사람들이 떠나기를 기다린다.
그래야 다시 나 혼자 어둠 속에서 크래커를 먹을 수 있으니까

만나서 반가워!
안뇽
오!
흐흐

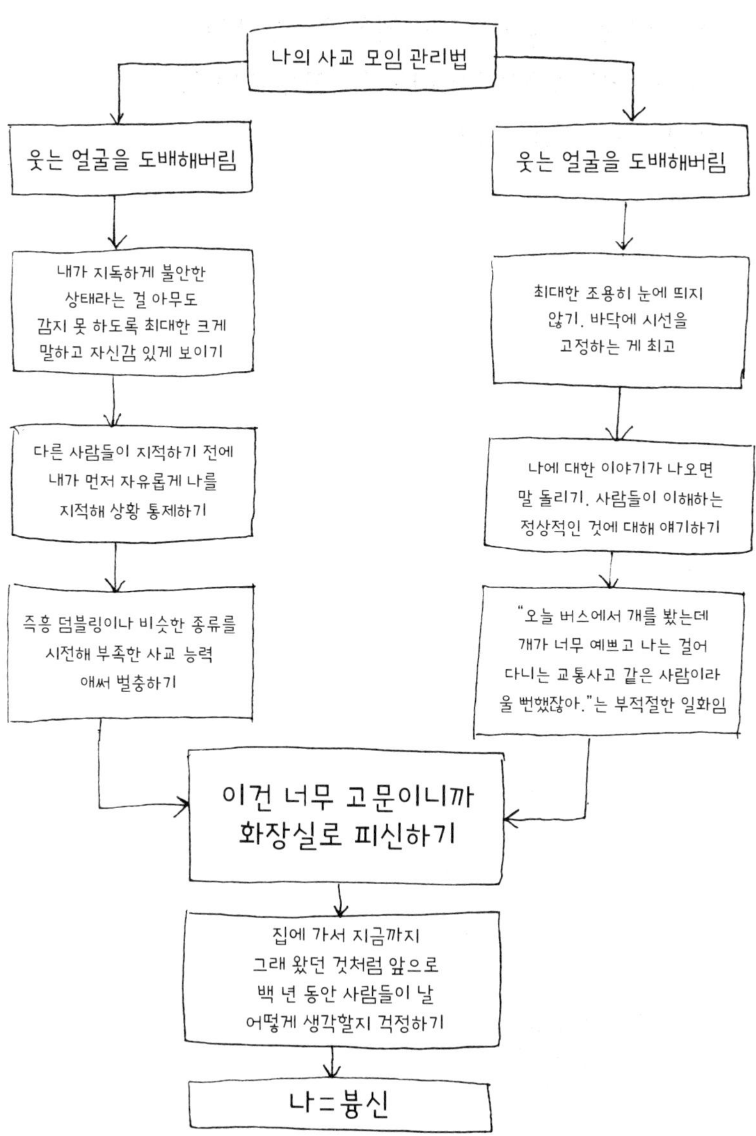

나의 사교 모임 관리법
웃는 얼굴을 도배해버림
웃는 얼굴을 도배해버림
내가 지독하게 불안한 상태라는 걸 아무도 감지 못 하도록 최대한 크게 말하고 자신감 있게 보이기
최대한 조용히 눈에 띄지 않기. 바닥에 시선을 고정하는 게 최고
다른 사람들이 지적하기 전에 내가 먼저 자유롭게 나를 지적해 상황 통제하기
나에 대한 이야기가 나오면 말 돌리기. 사람들이 이해하는 정상적인 것에 대해 얘기하기
즉흥 덤블링이나 비슷한 종류를 시전해 부족한 사교 능력 애써 벌충하기
"오늘 버스에서 개를 봤는데 개가 너무 예쁘고 나는 걸어 다니는 교통사고 같은 사람이라 울 뻔했잖아."는 부적절한 일화임
이건 너무 고문이니까 화장실로 피신하기
집에 가서 지금까지 그래 왔던 것처럼 앞으로 백 년 동안 사람들이 날 어떻게 생각할지 걱정하기
나=븅신

내 얘기를 귀담아듣지도 않은 채 누군가
'네가 어떤 상황인지 나도 **백 프로** 이해한다'고
말할 때 느끼는 기분

걱정 마!
우린 한배를
타고 있어!
무자각호

데이트

이해할 수 없는 남자와 좋아하지 않는
음식을 먹고 있고 원피스는 너무 끼고
신발은 예쁜데 내 신발은 집에 있어도
예뻤을 텐데 혼자 텔레비전 앞에 있어도

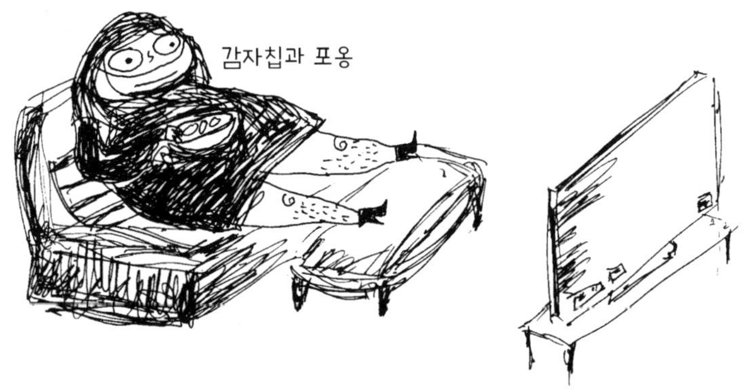

뭘 보고 있니, 아들?
거기 있는 공기 말이니?

여자친구요
네···

미안. 잘 지냈어? 고양이는 잘 지내?
잘, 지낸, 거지? 잘 지냈어?! 다행이다!

지잉
지잉
어 안녕.
잘 지냈어?

여보세요오?

ㅅㅂㅅㅂ

내 머릿속은
지금 덩···
아, 응, 괜찮아···
고마워. 그렇지 뭐

그래 너무 오래됐지.
언제 시간되면
한번 보자
ㅅㅂㅅㅂㅅㅂ

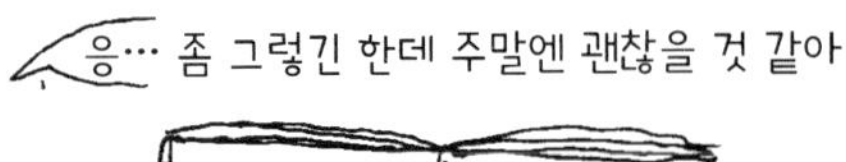

응··· 좀 그렇긴 한데 주말엔 괜찮을 것 같아

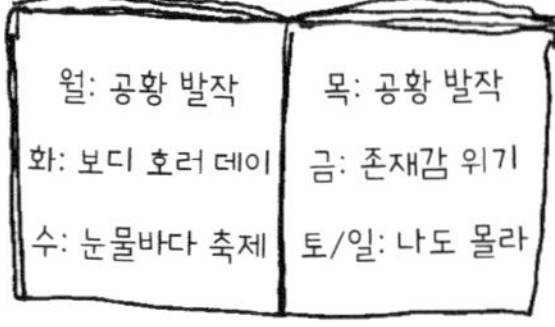

월: 공황 발작
화: 보디 호러 데이
수: 눈물바다 축제
목: 공황 발작
금: 존재감 위기
토/일: 나도 몰라

좋아! 토요일.
그때 보자
바보 바보 바보

토요일

나는 아주 작고
거대한 재앙이다

친구 사귀기

비슷한 관심사를 가진 사람을 만난다

공감할 수 있는 짤을 공유한다

감자칩 한 봉지로 마음을 산다

이런 거 다 안 통하면

무료 와이파이 핫스팟으로 변신한다

칭찬받기

① 볼이 제대로 붉게 달아오른
상태로 받는다

② 조심조심 옆구리에 낀다.
나는 완전 모종삽이라는
개인적 견해와
전혀 일치하지 않는
생경한 콘셉트

③ 소리지르고 싶은 충동을 참는다

"아냐 아냐 아냐.
이건 완전 대왕 실수야."

④ 너도 메리 고맙스!

누군가 좋아지기
시작하면 너무 걱정된다

그들, 그러니까 다른 사람을 향한 감정에
대해 예상치 못한 큰 기쁨과 공포가
엄습하고 내 생각과 행동을 지배한다

그리고 거절. 거절에 대한
가능성이 끊임없이 제기된다

그렇다면 결론은 하나,
그들에게서 멀어지는 수밖에

그래, 이제 대인관계에서 비롯되는
스트레스로부터 자유로워졌어. 만세!

'내가 즐거움을 느끼고 사람으로서 가치를
인정받아도 되는 건가' 하는 고민

카일리가 옳았어.
네 생각을 멈출 수가 없다

사실 그들이 내 뚱뚱하고 못생긴 불만
제조기 같은 얼굴에 싫증을 느끼는 건 결국
시간문제이기 때문이다

내가 취약해질 수 있는 상황을
절대 용납해선 안 된다

너무너무 외롭다

나 들러붙는 스타일 아니야

그냥 내 귀만 잠깐. 피곤하대

나 가도 돼?

아니

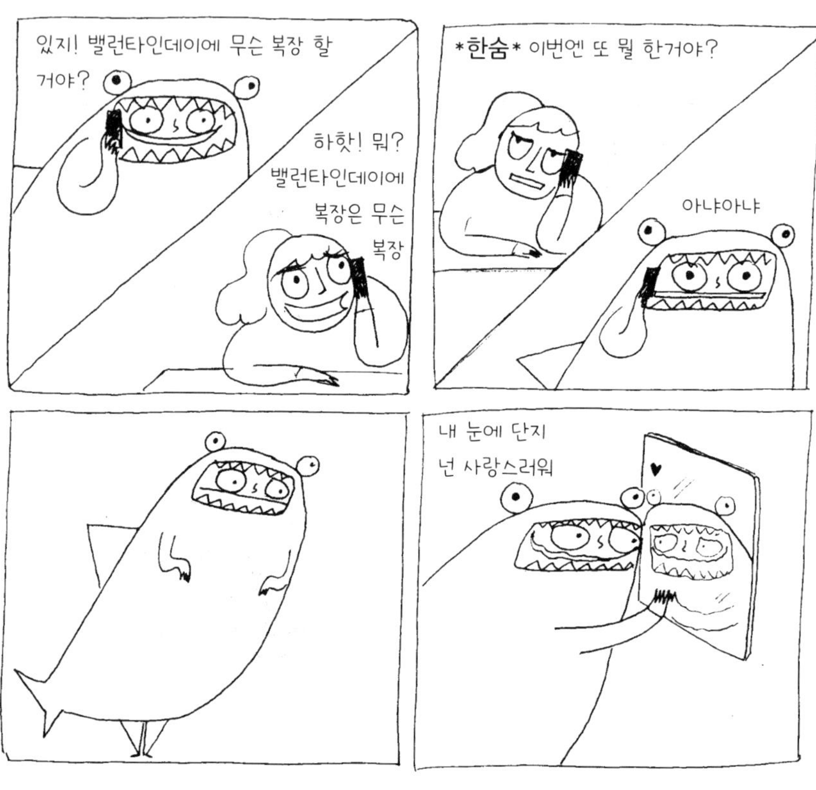
있지! 밸런타인데이에 무슨 복장 할 거야?
하핫! 뭐? 밸런타인데이에 복장은 무슨 복장
한숨 이번엔 또 뭘 한거야?
아냐아냐
내 눈에 단지 넌 사랑스러워

무조건적인 사랑 노트

가끔
~~늘~~ 당신 곁에 있겠습니다

꽤 많은 것을
당신을 위해 ~~무엇이든~~ 하겠습니다

당신 곁에 있겠습니다 ~~언제까지나~~
책임감에 대한
두려움이 엄습하기
전까지

당신의 누군가가 떠났다면

바다에 물고기가 많다는
사실을 기억하세요

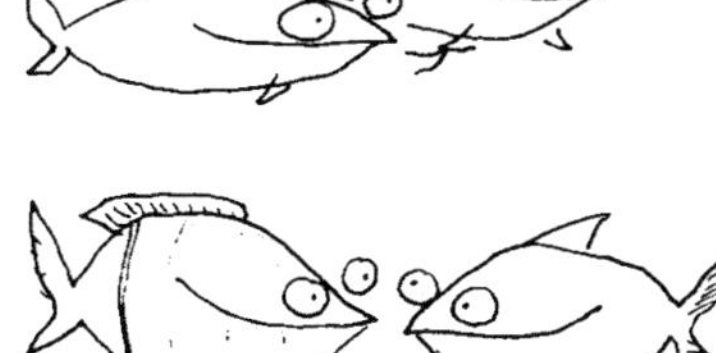
그 물고기들은 모두
안정적으로 연애 중이에요

당신만 여전히 징글징글한
싱글이죠, 매우 외로운

그러니까 그 바보
같은 내레이션 좀
닥쳐줄래요
흐흐

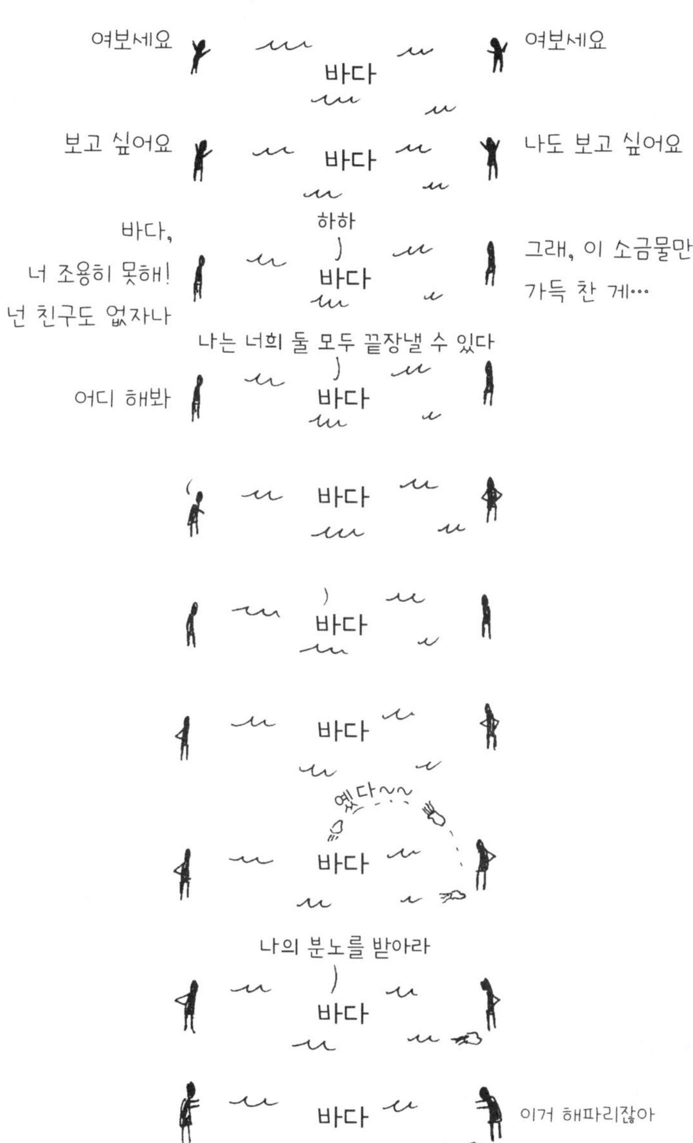

여보세요
바다
여보세요
보고 싶어요
바다
나도 보고 싶어요
바다,
너 조용히 못해!
넌 친구도 없자나
하하
바다
그래, 이 소금물만
가득 찬 게…
나는 너희 둘 모두 끝장낼 수 있다
어디 해봐
바다
바다
바다
바다
옜다
바다
나의 분노를 받아라
바다
바다
이거 해파리잖아

우리는 친구

우리는 모든 걸 공유한다

감자칩도

패테 모자에 대한 사랑도

현실에 대한 치명적
두려움과 그 속의 모든 것도

잘 지냈어?
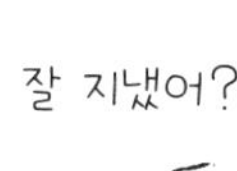
응… 그럼
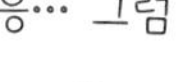

그럴걸

있잖아

'그럴걸'은
좋은 거야
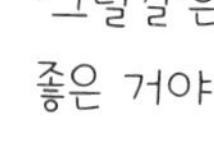

난 '그럴걸'을
위해 산다고

삶이 레몬을 주면[1]

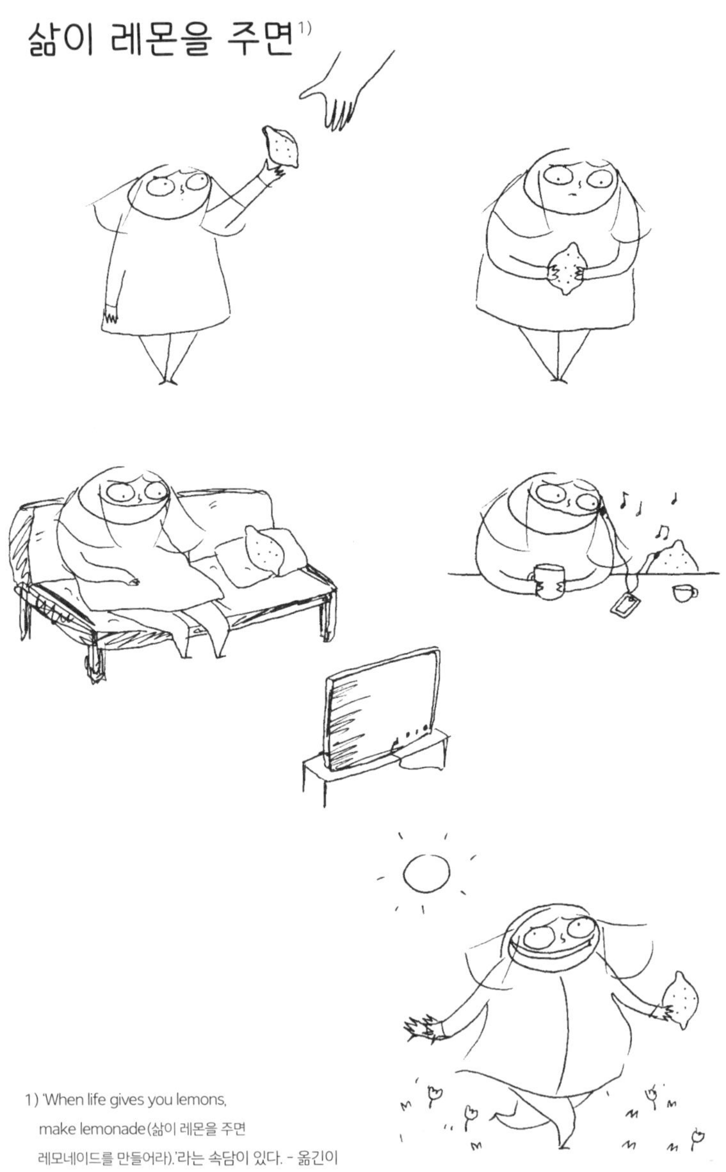

1) 'When life gives you lemons,
   make lemonade(삶이 레몬을 주면
   레모네이드를 만들어라).'라는 속담이 있다. - 옮긴이

레모네이드
레시피

?

미진한 부분 매듭 짓기

약간의 후기

그렇다. 삶은 종종 엉망진창이다. 누군가 맛난 요거트를 건네주고 그 맛있는 걸 포크로만 먹으라고 하는 것 같다. 성가시고 오래 걸리고 안 되는 걸 해보려는 나를 멍청이처럼 보이게 만드는 데다 유제품에 대해 안 좋은 비유를 하게 만든다. 훌륭하다.

그렇다. 나는 주제에서 벗어났다. 당신이 읽던 이야기는 여기서 끝이다. 그리고 이제 당신은 다른 걸 하게 될 거다. 기분 좋은 날이라 뭐든 내 마음대로 되는 것 같고 좋은 일이 예정되어 있고 살아 있는 것도 상대적으로 쉽게 느껴질 거다. 어쩌면 별로 안 좋은 하루, 더 나아가 세상의 끝처럼 느껴지는, 슬픔의 짠 눈물 베개 같은 하루를 보내고 있을지도 모른다. 어쩌면 딱 꼬집어 말하기는 어려워도 감당하기 어려운 하루를 보내고 있을 수도 있고, 어쩌면 여기저기 둥둥 떠다니는, 딱히 이렇다고 말하기 어려운 하루를 보내고 있을 수도 있다. 그렇지만 우린 모두 이런 식이든 저런 식이든 하루를 살고 있다. 삶은 일어나고 있으며 지각 있는 괴짜인 우리는 울고 웃는 것 사이를 각자의 수준에 맞게 오가고 있다. 사실 나는 끝맺음에 그렇게 소질이 없지만(다시 위로 가서 요거트에 비유한 삶을 상기해보라) 혹시 당신이 필요로 할 수 있으니 마지막으로 그림을 하나 남겨보려 한다.

오늘 뭐 했어?
...
살아 있었어

원래는 여기에 초콜릿 버튼이나
카주피리 같은 걸 붙이고 싶었지만
"그런 건 출판업계에서 하는 것이 아닌데."
"바보 같은 생각이네. 루비야, 괜찮니?" 같은 소리만 들었습니다.
그래도 당신이 원한다면
본인 초콜릿이나 원하는 카주피리를 여기에 붙이고
깜짝 선물로 붙어 있었던 것처럼 하면 됩니다.
우리는 모두 깜짝 선물 하나쯤 받아 마땅하니까요

별수 없어서 그린 일기

1판 1쇄 발행 2018년 03월 30일

개정판 1쇄 발행 2026년 02월 09일

ISBN 979-11-6452-116-6(03840)

글·그림 | 루비 앨리엇

옮긴이 | 나윤희

펴낸이 | 박철준

편집 | 신지원

디자인 | Edit&Bake 조가을 백재희

펴낸곳 | 종이섬

출판등록 | 제 410-2016-000111호(2016년 6월 17일)

주소 | 서울시 마포구 동교로18길 33, 201(서교동, 그린홈)

전화 | 02)325-6743

팩스 | 02)324-6743

전자우편 | paper_is_land@naver.com

인스타그램 | instagram.com/paper_is_land

잘못된 책은 구입하신 곳에서 바꾸어 드립니다.

종이섬은 갈대상자, 찰리북의 임프린트입니다.